गुलाबी कमीज़

(कोरोना आधृत उपन्यास)

गुलाबी कमीज़

कामना सिंह

वाणी प्रकाशन ग्रुप
भारतीय ज्ञानपीठ

वाणी प्रकाशन : भारतीय ज्ञानपीठ की पुस्तकों के एकमात्र प्रकाशक एवं वितरक

सजिल्द पहला संस्करण : 2021
सजिल्द दूसरा संस्करण : 2022
सजिल्द तीसरा संस्करण : 2025

लोकोदय ग्रन्थमाला : ग्रन्थांक 1479

वाणी प्रकाशन ग्रुप

4695, 21-ए, दरियागंज, नयी दिल्ली-110 002
फ़ोन : 011-23273167, 23275710
ईमेल : sales@vaniprakashan.in

गुलाबी कमीज़

(उपन्यास)

कामना सिंह

ISBN : 978-93-5518-286-9

मूल्य : **350**

मुद्रक : *सिटी प्रेस, दिल्ली-110 095 में मुद्रित*

GULABI KAMEEZ

(Novel)

by **Kamna Singh**

बचपन को समर्पित

अपनी बात

वैश्विक महामारी कोरोना और बचपन!

इस विषय में जितना सोचा जाए उतना कम है, जितना लिखा जाए उतना कम है। कोरोना का प्रभाव बचपन पर जिस तरह पड़ा है, वह किसी से छिपा नहीं है। आज हर वर्ग और श्रेणी का बच्चा आहत है। अमीर बच्चे को अकेलेपन की शिकायत है तो मध्यवर्गीय बच्चा संसाधनों की कमी से जूझ रहा है। और विपन्न वर्ग का बच्चा तो यह भी नहीं जानता कि उसे वायरस की मार की शिकायत करने का अधिकार है। रोटी कमाने की जद्दोजहद में जूझता बचपन भला वैश्विक आपदा को रोटी से अलग क्या समझ पाएगा? पर नहीं। वायरस ने उन्हें भूख की मार भले ही दी हो, पर वायरस उनके सपनों को नहीं मार सका है। और यही आज का सबसे बड़ा सच है।

वायरस के डर से और नौकरी छूट जाने से मजदूर वर्ग अपने गाँवों की ओर लौटा तो बच्चों को मन मारकर माता-पिता का साथ देना ही था। हमारे उपन्यास 'गुलाबी कमीज़' का नायक ग्यारह वर्षीय हीरा ऐसा ही बच्चा है जो माता-पिता की इच्छा से सड़क पर निकल पड़ा है। लेकिन उसके अपने सपने हैं जिन्हें कोरोनावायरस खत्म करना चाहता है। पर क्या हीरा अपने सपनों की बलि देने को तैयार है? कतई नहीं। हर मुश्किल से निपटने की ताकत है अनूठे बचपन में। बच्चे किसी भी आपदा के आगे झुकते नहीं है, टूटते नहीं है। वे नए रास्ते बनाने को सदैव तत्पर रहते हैं। इसी संवेदना से जुड़ा उपन्यास 'गुलाबी कमीज़' आपके हाथों में है।

– कामना सिंह

मोहन कहाँ खो गया

चौबीस मार्च 2020!

पूर्वी दिल्ली की कमला बस्ती।

रात के दस बज रहे थे, किंतु ऐसा नहीं लग रहा था कि किसी को नींद आ रही है। बस्ती में बुरी तरह शोर-गुल और हड़कंप था।

ऐसा हड़कंप भरा माहौल हीरा ने बस्ती में पहली बार देखा था। वह अचकचाया हुआ था।

कोरोना वैश्विक महामारी का भय तो कई दिनों से था। जनवरी 2020 से ही न्यूज़ में कोरोनावायरस की खबरें दिख रही थीं। चीन से शुरू हुआ यह वायरस संसार के अन्य देशों में भी फैलता जा रहा था।

पहले हीरा को विश्वास था कि यदि सावधानी रखेंगे, तो भारत में यह महामारी नहीं फैलेगी। लोग मास्क, सैनिटाइज़र आदि का प्रयोग शुरू कर चुके थे।

पर पूरी सावधानी के बावजूद देश में महामारी के केस लगातार दिखने लगे। विदेश से आए लोगों की वजह से वायरस का संक्रमण भारत में भी फैलने लग गया।

हीरा के मन में डर बढ़ता जा रहा था।

वह जानता था कि स्कूल बंद कर दिए गए हैं। सिनेमा-थिएटर, बाजार-मॉल आदि स्थानों पर लोग कम जा रहे थे। यहाँ तक कि कई लोग अपना ऑफिस बंद करने की फ़िराक में थे। भविष्य की अनिश्चितता ऐसी कि लोग अपने कर्मचारियों तक को पैसा देना नहीं चाह रहे थे। चीन से शुरू हुई

महामारी की क्या रोक-थाम है, कुछ तय नहीं था।

आज भी कमला बस्ती के लोग अपने काम से लौटने के बाद रात का खाना खा-पीकर टीवी देख रहे थे।

फिर टीवी पर भारत में इक्कीस दिन के लॉकडाउन की घोषणा हुई।

घोषणा के साथ ही कमला बस्ती में अफरा-तफरी की शुरूआत हो गयी थी।

कमला बस्ती में रहने वाले लोग देश के विभिन्न भागों से आए थे। दिन भर मेहनत-मजदूरी करने वाले ये लोग किराये के छोटे से कमरे में भी खुशी से रहते।

लेकिन इस कोरोनावायरस ने तो उनके इस सुकून को भी खत्म कर दिया था। लॉकडाउन में क्या होगा, वे नहीं जानते थे, इसलिए बुरी तरह हड़बड़ा गए थे।

❑

हीरा और उसका भाई नंदू लॉकडाउन का अर्थ नहीं जानते थे।

पिताजी ने बताया कि लॉकडाउन मतलब सब कुछ बंद होना, ताकि कोरोनावायरस से मुकाबला करने की तैयारियाँ की जा सकें।

पिताजी बोले, ‘‘लॉकडाउन की सूचना अच्छी बात है। सभी लोग अपने घर में सुरक्षित रहेंगे। सड़कों पर कीटाणुनाशक छिड़के जाएँगे।’’

‘‘अच्छा! यदि हर जगह दवाइयाँ, कीटाणुनाशक छिड़के जाएँगे, तो महामारी से बचने की उम्मीद है!’’ माँ की आवाज़ में आशा झलकने लगी।

‘‘हाँ!’’ पिताजी ने हामी भरी।

इसमें हड़बड़ाने जैसा कुछ नहीं था। सिर्फ धैर्य से अपने घर में बैठने की जरूरत थी।

लेकिन बस्ती में शोर-गुल शुरू हो चुका था।

पिताजी ने खिड़की से बाहर झांका। घर पहली मंजिल पर था, इसलिए थोड़ी दूर तक का नज़ारा दिख रहा था।

‘‘क्या लोग लॉकडाउन के लिए राशन खरीदते दिख रहे हैं?’’ पैरों पर कंबल डाले बैठी माँ ने प्रश्न किया।

"क़हाँ से खरीदेंगे? पैसा ही नहीं है किसी के पास। आजकल सभी का काम-काज बंद है। कई लोगों के पास घर के किराए का पैसा भी नहीं बचा है। दुकान पर ज्यादा भीड़ नहीं है।" पिताजी बोले।

"काम-काज बंद, तो पगार बंद! सभी भविष्य के लिए चिंतित हैं।" माँ ने कहा।

"हमारे पास भी पैसा कम है। हमें भी दिक्कत पड़ सकती है।" पिताजी ने कहा, तो माँ सहम गई।

हीरा के घर में पिछले एक हफ़्ते से मायूसी का माहौल था।

पिता शंकरलाल एक फैक्टरी में बिजली का काम-काज देखते थे। सात दिन पहले वह फैक्टरी बंद हो गयी। मालिक का कहना था, 'शंकरलाल, अभी हमें तुम्हारी जरूरत नहीं। जब जरूरत होगी, बुला लेंगे।'

उस दिन से पिताजी नया काम तलाश रहे थे।

नया काम मिलना आसान था क्या? हर जगह कोरोनावायरस का डर था। लोग नये लोगों को शक की नज़र से देख रहे थे।

ऐसे में पिताजी को काम कौन देता? अतः अपने मालिक के दिए थोड़े-बहुत रुपए लेकर पिताजी पिछले एक हफ़्ते से घर बैठे हुए थे। और अब तो लॉकडाउन की घोषणा हो गयी थी।

माँ और पिताजी तनाव में हैं, स्पष्ट था।

हीरा जानता था कि वे लोग निम्न आय वर्ग में आते हैं।

माँ मीना कमला बस्ती के पास बनी कोठियों में बर्तन-सफाई का काम करती है।

लॉकडाउन में कोठियों पर जाना भी संभव नहीं है, घोषणा से स्पष्ट था।

"कल क्या होगा?" माँ परेशान थी, "क्या कल कोठी वाले मुझे मेरी पगार दे देंगे? एक बार जाकर उन्हें बताऊँगी कि हमारे घर में पैसे की तंगी है, तो निश्चय ही मुझे मेरी पगार मिल जाएगी।"

माँ की बात सुन पिताजी के चेहरे पर खुशी झलकने लगी, "तू पैसा ले आएगी, तो आगे के कुछ दिन ठीक से कटेंगे। हम लोगों का खर्चा चलाने के लिए सरकार अवश्य ही कुछ घोषणा करेगी। अतः चिंता करने की जरूरत

नहीं।''

हीरा और नंदू माँ-पिताजी की बातें चुपचाप सुनते रहे।

ग्यारह साल का हीरा और बारह साल का नंदू अपने माँ-पिताजी के साथ कमला बस्ती में रहते हैं। नंदू ने छठी कक्षा पास की है और सातवीं में पहुँचा है। हीरा इस वर्ष पाँचवी पास करके छठी में पहुँचा है। दोनों एक सरकारी स्कूल में पढ़ते हैं।

उनकी सगी दीदी काजल झारखंड के जूनी गाँव में चाची-चाचाजी और दादी-दादाजी के साथ रहती है। वह बी.ए. पास करने के बाद टीचर की ट्रेनिंग ले चुकी है और नौकरी तलाश रही है।

❑

लॉकडाउन की घोषणा के थोड़ी देर बाद माँ ने मोबाइल पर काजल से बात कीं।

बात करते ही माँ एकाएक बहुत ज्यादा बौखला गई। फोन बंद करके बोली, ''सुनते हो काजल के पिताजी, गाँव से मोहन गायब है।''

सुनते साथ हीरा-नंदू के कान खड़े हो गए। मोहन वह लड़का है, जिसके साथ काजल की सगाई हुई है।

''मोहन गायब है, क्या मतलब?'' पिताजी चौंके।

''काजल बता रही है कि पिछले एक हफ़्ते से मोहन का कहीं अता-पता नहीं है।''

''एक हफ़्ते से मोहन गायब है और काजल अब बता रही है! काजल ने उसको फोन किया?'' पिताजी भी हड़बड़ा गये।

''हाँ, बहुत फोन लगाए, हमेशा फोन बंद आता है। अभी मैंने भी मोहन का नंबर मिलाया। पर कोई जवाब नहीं आ रहा है।'' माँ ने बताया।

''काजल! काजल! काजल!'' छत के कुंडे से लटके पिंजरे में बैठा मिट्‌ठू तोता चिल्लाया, ''काजल! काजल! काजल!''

''चुप हो जा!'' माँ झल्ला गई और उसने मिट्‌ठू के पिंजरे के ऊपर एक कपड़ा डाल दिया।

कपड़ा डालते ही पिंजरे में अंधेरा हो गया। मिट्‌ठू डर के मारे चुप हो

गया।

पिताजी ने तुरंत अपने मोबाइल पर दादाजी से बात की।

बात करने के बाद पिताजी ने माँ को बताया, ''गाँव में किसी के पास कोई खबर नहीं है कि मोहन कहाँ है। पर सभी का कहना है कि किसी काम से कहीं चला गया होगा। लौट आएगा। चिंता की जरूरत नहीं। उसकी न तो किसी से लड़ाई हुई, न ही किसी तरह की बहस। फिर भला हम क्यों डरें?''

''मैं गाँव जा रही हूँ। मुझे काजल की चिंता हो रही है। वह वहाँ अकेली है।'' माँ भयभीत थी।

''अरी, काजल अकेली थोड़े ही है। अपने चाची-चाचा, दादी-दादाजी के साथ है। उसके चचेरे भाई-बहन भी उसके साथ हैं।''

''माँ का दिल नहीं समझोगे। लॉकडाउन में बिटिया...मोहन का भी तो कोई अता-पता नहीं...मेरा मतलब है मोहन गायब है, तो काजल दुःखी होगी।''

''काजल क्यों दुःखी होगी?''

''मोहन के साथ उसकी सगाई हुई है। अपने मंगेतर के लिए उसकी चिंता वाजिब है।''

''मोहन बड़ा लड़का है, समझदार है। कहीं किसी काम से निकल गया होगा। उसके पीछे दौड़ने की जरूरत नहीं। हमारे पास सोचने के लिए और भी कई काम हैं।'' इतना कह पिताजी कमरे के कोने में चुपचाप बैठ गए।

उन्हें नींद आ रही थी। वह बैठे-बैठे ही झपकी लेने लगे।

पिताजी के समझाने का माँ पर कोई असर न पड़ा। वह ऊँची आवाज़ में न जाने क्या-क्या चिल्लाती रही।

माहौल देख नंदू डर गया और उसने अपनी हिंदी की किताब खोल ली।

रात के दस बजे नंदू और किताब! हीरा को पक्का विश्वास था कि नंदू पढ़ नहीं रहा है। पर माँ का मिजाज बिगड़ा देख किताब खोलना तो नंदलाल की पुरानी आदत थी। इसमें नया क्या था?

पैरों से कंबल हटाकर माँ उठी। कमरे से बाहर निकल जीना उतरकर बस्ती में चली गई।

नंदू ने किताब पटकी और अपने बिस्तर में घुस गया।

❑

माँ जल्द ही वापस आई और बताने लगी, ''बस्ती के समझदार लोग गाँव के लिए निकल पड़े हैं। उनका कहना है कि रात बारह बजे के बाद बसें और ट्रेन बंद होंगी। उसके पहले थोड़ी-बहुत दूरी तो बस में बैठकर तय की जा सकती है। वे सभी किसी न किसी सवारी से अपने गाँव लौट रहे हैं।''

''तो?'' औंघते हुए पिताजी ने प्रश्न किया।

''हमें भी तुरंत निकल लेना चाहिए। स्टेशन चलकर देखें कि झारखंड के लिए कौन सी ट्रेन मिलेगी!''

पिताजी हँसने लगे, ''रात का दस बज रहा है। स्टेशन पहुँचने में बारह बज जाएगा। फिर तुझे पूरे लॉकडाउन भर स्टेशन पर ही बैठना पड़ेगा। दूसरों की देखा-देखी कोई काम करने की जरूरत नहीं। जो इस समय स्टेशन जा रहे हैं, उन्हें कोई सवारी नहीं मिलेगी। सब कुछ बंद होने जा रहा है।''

हताश माँ बरामदे में बैठ गई। उसकी बड़बड़ाहट जारी थी।

''गाँव में हमारी जमीन है। खेती-बाड़ी है। हम यहाँ क्यों रहते हैं?''

''अपने घर से दूर आकर हमें क्या मिल रहा है? सिर्फ डर और चिंता। यदि हम अपने घर के पास होते, तो इतना न डर रहे होते!''

''स्कूल और पढ़ाई की सुविधा हमारे गाँव में भी है। यहाँ क्यों पड़े हुए हैं?''

''मैं अपने गाँव लौट जाऊँगी और कभी वापस नहीं आऊँगी। हे भगवान, मैं क्या करूँ? लॉकडाउन में हम फंस गए!''

माँ की निराशा भरी आवाज़ पूरे घर में फैल रही थी। वह अपने-आप से ही बातें करती जा रही थी।

''पूरा परिवार यहाँ और मेरी बेटी वहाँ! मोहन गायब है। काजल कितना दु:खी होगी। नहीं, यह ठीक नहीं।'' अचानक माँ चिल्लाई, ''काजल के पिताजी, मैं गाँव जा रही हूँ।''

पिताजी सो चुके थे। चौंककर उठे, ''क्या कहती हो?''

''मैं गाँव जा रही हूँ।''

“नहीं जा सकती। जाना मना है। जो जहाँ है, उसे वहीं रहना है। यह सरकारी आदेश है। अब सो जाओ। मुझे बहुत तेज नींद आ रही है।”

“मई में काजल की शादी है और हमारा होने वाला दामाद गायब है। इधर देश भर में लॉकडाउन है। तुमको नींद आ कैसे सकती है?” माँ रुआँसी होने लगी।

“कहा न, मिल जाएगा। धीरज रखो।” पिताजी बोले।

“क्या तुम नहीं जानते कि गाँव में लड़कों का अपहरण कर लिया जाता है और उन्हें अपने घर में कैद कर लेते हैं। जरूर मोहन को किसी ने पकड़ लिया है। हाय रे, अब क्या होगा?”

“कुछ नहीं होगा।” पिताजी झल्ला गए, “मिल जाएगा मोहन, तसल्ली रख।”

पिताजी के गुस्से से माँ डर गई और चुप हो गई।

हीरा सोच में पड़ गया, ‘मोहन कहाँ होगा? क्या उस बेवकूफ को इतना भी नहीं पता कि कहीं जाने से पहले बताकर जाना चाहिए! वैसे उसके गायब होने से फर्क किसे है? माँ बेकार में ही चिंता कर रही है। अच्छा हुआ, जो मोहन गायब हो गया।’

हीरा नहीं जानता था कि वह मोहन से इतना क्यों चिढ़ता है! पर उसे अपने जीजा के रूप में मोहन की कल्पना भी नहीं पसंद। घर में सिर्फ वही है, जो चाहता है कि काजल और मोहन की शादी न हो!

रात के साढ़े ग्यारह बज चुके थे। हीरा अपने बिछौने पर लेट गया। नंदू तो पहले ही सो चुका था।

हीरा को नींद नहीं आ रही थी। वह अपने बिस्तर पर लेटा सोचता रहा। वह समझ नहीं पा रहा था कि माँ को लॉकडाउन से ज्यादा परेशानी है या मोहन के गायब होने से।

‘अगर मोहन गायब है, तो गायब रहने दो न! गायब मोहन! मोहन गायब! गायब मोहन! मोहन गायब!’ उसके मन में आया।

माँ एक बार फिर फोन लगा चुकी थी। वह फुसफुसाकर पूछ रही थी, “काजल, मोहन का पता चला?”

हीरा ने सुनने की कोशिश की। उधर से क्या उत्तर मिला, वह नहीं सुन सका।

'गुडनाइट गायब मोहन!' सोचता हुआ हीरा नींद में डूब चुका था।

रात का बारह बज गया था और भारतवर्ष में लॉकडाउन की शुरूआत हो चुकी थी।

❑

माँ की बेचैनी

सुबह-सुबह शोर से हीरा की नींद टूटी।

मिट्ठू टांय-टांय कर रहा था और नीलम आंटी की आवाज़ सुनाई दे रही थी।

आंटी उनके घर आई हुई थीं। माँ के साथ बातें कर रही थीं।

नीलम आंटी भी कमला बस्ती के एक छोटे से घर में किराए पर रहती हैं। वह भी झारखंड की हैं और माँ की तरह ही कोठियों में झाड़ू-बर्तन करके जीवन-यापन करती हैं। आंटी की चार बेटियों की शादी हो चुकी है। पाँचवीं संतान बेटा सूरज है, जो हीरा की उम्र का है, उसका पक्का दोस्त है।

हीरा ने बिस्तर से ही आँखें मिचमिचाकर देखा कि क्या आंटी के साथ सूरज भी आया है। पर नहीं, आंटी अकेली आई थीं। हीरा कंबल में घुसा रहा। उसके कानों में आंटी की बातें पहुँच रही थीं।

आंटी माँ को बता रही थीं, "मीना, सारी सड़कें बंद हैं। कोठियों की तरफ जाना मना है। पुलिस लगी हुई है। कहा जा रहा है कि एक इलाके से दूसरे इलाके में जाने की मनाही है। संक्रमण का खतरा है।"

"जीजी, तुम काम पर नहीं गईं?" माँ ने सवाल किया।

"कैसे जाती?"

"फिर पगार?"

"पगार तो मैं पहले ही एडवांस ले चुकी हूँ। भूल गई, बड़ी बिटिया के पास पैसे भेजने थे, तो मैंने पंद्रह तारीख को ही पूरे महीने की पगार ले ली थी।"

"अरे हाँ, याद आया।" माँ बोलीं।

''सुन!'' आंटी कुछ फुसफुसाईं।

''क्या?'' माँ तेज आवाज़ में बोली, ''पैदल जा रहे हैं? कौन?''

''धीरे बोल। अभी लड़ने चली आएगी अंजना। उसने किसी को बताने से मना किया है। पर मैं तुझे बता रही हूँ कि अंजना-सुरेश अपनी बेटी मैना को लेकर आज रात निकल जाएँगे। मकान मालिक किराया देने के लिए परेशान कर रहा है। उनके पास पैसे नहीं हैं। अंजना कॉलोनी जाकर किसी से थोड़ा-बहुत पैसा मांगेगी, फिर शाम को चुपचाप चली जाएगी।''

आंटी की आवाज़ धीमी थी, पर हीरा को सब कुछ सुनाई दे रहा था। अंजना आंटी लोग भी झारखंड के ही थे।

''पर अंजना जाएगी कैसे, जब रेल-बस सब कुछ बंद है?'' माँ ने हैरत से पूछा।

''पैदल चलेगी या किसी ट्रक-लॉरी में लिफ्ट ले लेगी।'' आंटी बोलीं।

''अच्छा, क्या इस तरह जा सकते हैं? ट्रक चल रहे हैं?''

''हाँ, ट्रक चल रहे हैं। मेरा भतीजा दवाइयों की कंपनी में काम करता है। पता चला है कि जरूरी सामान ले जाने पर कहीं रोक नहीं है। बस्ती की किराने की दुकान भी खुली है। मैंने थोड़ी देर पहले डबलरोटी खरीदी थी।''

''तुम गाँव चलोगी जीजी? मुझे काजल की चिंता है। मैं गाँव जाना चाहती हूँ।''

''हट पागल, मैं नहीं जाती।'' आंटी मुकर गईं, ''इक्कीस दिन पलक झपकते बीत जाएँगे। मैं पगार ले चुकी हूँ। इस समय जाऊँगी, तो सब यही मानेंगे कि पैसा लेकर भाग गई। तू भी जाने की बात मत सोच। सड़क पर कहाँ भटकेगी? हमारे पास घर है, घर का किराया है, तो फिर किस बात की चिंता?''

''जीजी, मुझे काजल की चिंता है।''

''सुरक्षित है तेरी बेटी। परिवार में ही तो है। फोन पर बात कर लिया कर। जब लॉकडाउन खुलेगा, तब चली जाना।''

''नहीं खुलेगा लॉकडाउन। जीजी, यह कोरोना चीन से आ रहा है। अच्छी तरह ठहरेगा। तुम देख लेना, महामारी इस कदर फैल जाएगी कि कौन मरेगा, कौन बचेगा, नहीं पता। क्या अच्छा नहीं होगा कि अपने गाँव में जाकर प्राण

त्यागे जाएँ?"

"कैसी बात करती है मीना। दवाइयाँ और वैक्सीन तलाशी जा रही हैं। चिंता मत कर। मैं चलती हूँ, सूरज जग चुका होगा। उसे नाश्ता देना है। तू फालतू बातें सोचना बंद कर दे।"

अपनी बात खत्म कर आंटी लौट गई।

माँ ने आंटी से मोहन के गायब होने की बात छिपा ली थी।

'शायद माँ को लगता है कि मोहन का गायब होना बेइज़्ज़ती की बात है! पर क्यों? यदि मोहन गायब है, तो हमें क्या फर्क पड़ेगा? या शायद पड़ेगा। काजल दीदी दुःखी होंगी। पिछले एक साल से दोनों एक साथ नौकरी के लिए फ़ॉर्म भरते रहते हैं। एक साथ हर जगह इंटरव्यू देने जाते हैं! पागल मोहन! गायब होने से पहले उसे दीदी को बता देना चाहिए था कि अब वह गायब होने जा रहा है।' हीरा ने मन ही मन सोचा।

बाहर ठंड थी। हीरा कंबल से निकलने को तैयार नहीं था। उसने नंदू की ओर देखा।

नंदू भी अपने बिस्तर पर लेटा बिटर-बिटर चारों ओर ताक रहा था।

मिट्ठू के पिंजरे पर से कपड़ा हटा दिया गया था और उसे खाना भी मिल चुका था।

अचानक मिट्ठू चिल्लाया, "हीरा-हीरा, हुआ सवेरा।"

माँ का ध्यान बच्चों की ओर गया, तो उसने तुरंत आवाज़ लगाई, "नंदू-हीरा उठो, जल्दी-जल्दी नहाओ-धोओ!"

"नंदू-हीरा उठो, जल्दी-जल्दी नहाओ-धोओ!" मिट्ठू ने भी दोहराया।

अब तो बिस्तर छोड़ना ही था। हीरा और नंदू दोनों एक साथ उठे और गुसलखाने की तरफ दौड़े।

नंदू जीत गया और उसने गुसलखाना अंदर से बंद कर लिया।

हीरा खिसिआया-सा बाहर खड़ा रह गया और अपनी बारी का इंतजार करने लगा।

माँ झल्लाई, "इसीलिए हमेशा समझाती हूँ कि सवेरे जल्दी उठा कर। जल्दी उठकर पढ़ाई करने से दिमाग तेज बनता है। तुझे अफ़सर बनना है न! यों बिस्तर पर पसरे-पसरे जिंदगी बिताएगा क्या?"

"मां!" हीरा बिसूर दिया, "भैया को बाहर निकालो। मुझे तैयार होना है। पार्क में खेलने जाना है।"

"सब बंद है बेटा। लॉकडाउन है।" माँ ने सर्द आवाज़ में कहा।

एकाएक माँ का मूड बिगड़ा, तो हीरा सहम गया।

घर का माहौल फिर गंभीर हो गया था।

थोड़ी देर बाद दोनों भाई तैयार हो चुके थे और पिताजी के साथ बासी रोटी का नाश्ता कर रहे थे।

मिट्ठू लगातार टें-टें कर रहा था। लेकिन कोई उसकी तरफ ध्यान नहीं दे रहा था।

परिवार को कोरोना महामारी, लॉकडाउन और सोशल डिस्टेंसिंग के साथ काजल और मोहन की चिंता थी। बड़ी उम्र के लोगों को महामारी में ज्यादा खतरा है, इस वजह से दादी-दादाजी की चिंता भी उनकी बातचीत का विषय थी।

❑

नाश्ता करने के बाद पिताजी बाहर निकले और जल्दी ही मुँह बनाए लौट आए।

"क्या रहा?" माँ ने पूछा।

"सड़कों पर निकलना मना है। पुलिस रोक रही है।"

माँ चुप रही।

"सुरेश के मालिक ने पगार देने से मना कर दिया है। उसके पास घर का किराया तक नहीं है। अंजना अभी कोठी पर कुछ पैसे लेने जाएगी। सुरेश कह रहा है कि वह अपना परिवार लेकर शाम को गाँव के लिए चुपचाप निकल जाएगा।" पिताजी वही कहानी पता करके आए थे, जो नीलम आंटी पहले ही सुना चुकी थीं।

"सुन लिया काजल के पिताजी, लोग गाँव लौट रहे हैं। आप लौटने का विचार क्यों नहीं करते? एक बच्चा गाँव में और हम चार यहाँ! ऐसे कैसे चलेगा?" माँ ने अपनी बात फिर दोहरा दी, "मोहन की भी कोई खबर नहीं है। मुझे बड़ी चिंता लग रही है। यदि मोहन ने किसी और के साथ ब्याह रचा

लिया है और अपनी ससुराल में रहने लगा है, तो भी हमें सच्चाई पता तो होनी चाहिए।''

''इतनी दूर की बात मत सोच।'' पिताजी काँप गये।

''मुझे पास जाकर सोचना है, इसीलिए तो गाँव जाना चाहती हूँ।''

''कैसे जाएगी? ट्रेन-बस बंद है।'' वह लाचारी से बोले।

''जानती हूँ। पैदल जाऊँगी।'' माँ का स्वर दृढ़ था।

''मीना, तेरे काम छूट जाएँगे।'' पिताजी गाँव जाने के नाम से सहमत होते दिख रहे थे।

''छूटने दो, यहाँ वापस लौटना ही किसे है? काजल की चिंता है मुझे।''

''अच्छा, जैसा ठीक समझ। मैं हर बात के लिए तैयार हूँ।'' पिताजी सहमत हो गये, तो माँ खुश दिखने लगी।

''मैं एक बार कोठियों तक जरूर जाऊँगी। तीन घरों के दो-दो हजार बाकी हैं। हमें पूरे छह हजार मिल जाएँगे। अंजना भी तो अपनी पगार लेने किसी रास्ते से कोठियों तक जा रही है।''

''पैसा मिल जाए, तो बहुत अच्छा रहेगा।'' पिताजी उत्साहित दिख रहे थे।

''तुम सामान बांधो, मैं अभी आई।''

''सामान!'' पिताजी हँसे, ''सड़क पर सवारी नहीं मिलेगी मीना। हमें पैदल ही जाना होगा। एक-दो झोलों में खाने-पीने का थोड़ा सामान और एक-दो जोड़ी कपड़े रख लो।''

''कोई न कोई सवारी जरूर मिलेगी। बस का टिकट दो सौ में मिलता है, तो लॉकडाउन में गाड़ी वाला पाँच सौ ले लेगा। हम चार लोग हैं। दो हजार में पहुँच जाएँगे। काजल के पिताजी, चिंता मत करो। पैसा हाथ का मैल है। जिंदा रहेंगे, तो फिर कमा लेंगे।'' माँ ने पिताजी को समझाया।

वह चुप रहे।

माँ ने पूछा, ''इस कमरे का क्या करोगे? हमारे सामान की सुरक्षा कैसे होगी?''

''मेरे पास कुछ पैसा है। मैं मकान मालिक को पैसा देकर जाऊँगा। मैं किसी का पैसा लेकर नहीं भाग सकता।'' पिताजी दो टूक बोले, ''जब हम

किराया भर देंगे, तो वह हमारा सामान इस कमरे में पड़ा रहने देगा। काजल की शादी के बाद आएंगे, तब बाकी का किराया दे देंगे।''

''मैं तो इस जगह कभी वापस नहीं आने वाली। महामारी का मतलब समझते हो? यह बीमारी सारी दुनिया को खा जाएगी। मैं एक बार अपने घर पहुँच जाऊँ, तो काली मैया को माथा नवाऊँ।'' माँ ने दोनों हाथ माथे से लगाते हुए कहा।

''कमरे का किराया देना ही होगा। यदि तुम लोग यहाँ नहीं लौटोगे, तो मैं बाद में एक बार आकर सारा सामान किसी ट्रक में भरवाकर गाँव ले आऊँगा। तब तक सामान की सुरक्षा जरूरी है।''

''हाँ, यही ठीक रहेगा। आप यहाँ का इंतजाम देखो, मैं जल्द ही आती हूँ।'' इतना कहकर माँ घर से बाहर चली गई।

''मैं मकान मालिक से बात करके आता हूँ।'' कहकर पिताजी एक बार फिर घर से बाहर निकल गए।

हीरा को हैरानी थी। लॉकडाउन की सरकारी घोषणा के बाद भी कमला बस्ती में कोई घर के अंदर नहीं दिख रहा था। सभी इधर से उधर आ-जा रहे थे। यहाँ तक कि नंदू भी कहीं बाहर खिसक लिया था।

❑

अब हीरा घर में अकेला था।

मिट्ठू महाशय का पिंजरा बाहर आंगन में लटकाया गया था। अपनी आदत के अनुसार मिट्ठूजी हीरा और नंदू के नाम पर गाना गाने में लगे थे, ''नंदू, चलो खेलें! हीरा, चलो खेलें! कड़वी मिर्ची खा लें, मीठा गाना गा लें!''

उस ओर से ध्यान हटा हीरा अपने छोटे से बक्से को खोलकर देखने लगा।

टीन के बक्से में एक ओर करीने से तहे हुए कपड़े रखे थे, तो दूसरी ओर कुछ किताबें। बीच में उसका नया पेंसिल बॉक्स रखा था। उसने सोचा था कि स्कूल खुलने पर इसे इस्तेमाल करेगा। पर अब तो स्कूल न जाने कब तक के लिए बंद हो चुका था। किताबों का बैग भी कमरे के एक कोने में

पड़ा था।

हीरा ने बक्से के तले में बिछा अखबार उठाया। उसके नीचे पाँच सौ का नोट जस का तस रखा दिखा। उसने फिर से अखबार को नोट के ऊपर कर दिया। पूरे परिवार से इस नोट को छुपाना बहुत बड़ा कौशल था। पर वह इसमें सफल रहा था।

अभी अठारह–बीस दिन पहले छोटी होली के दिन माँ के साथ कोठियों पर गया था, तो शांता आंटी की सास ने उसे यह नोट देते हुए कहा था, ''बेटा, पिचकारी और रंग खरीद लेना।''

हीरा ने पिचकारी नहीं खरीदी थी। उसने चुपचाप नोट बक्से में छिपा लिया था। घर में कोई नहीं जान पाया कि उसके पास पाँच सौ का नोट है। यहाँ तक कि माँ को भी नहीं पता था कि शांता आंटी की सास ने उसको यह नोट दिया है।

''तुझे आंटी जी ने क्या दिया?'' जब माँ ने सवाल किया, तो हीरा ने सिर्फ इतना कहा था, ''रुपए दिए हैं।''

'कितने?' माँ ने यह बात पूछी ही नहीं।

माँ के सभी कामों में सबसे अच्छा काम शांता आंटी का है। वह अक्सर अच्छा–अच्छा सामान माँ को देती रहती हैं। काजल के लिए भी आंटी ने बहुत बार नए और सुंदर कपड़े दिए हैं। अत: माँ को इस बात से कोई फर्क नहीं था कि उनकी सास ने हीरा को कितने रुपए दिए।

हीरा ने सोच रखा है कि काजल दीदी की शादी में यह नोट दीदी–जीजाजी को भेंट में देगा।

काजल दीदी की शादी! मोहन से?

अब तो लॉकडाउन है, अब क्या होगा?

आजकल सब कुछ गड़बड़ दिखने लगा है। पहली बात तो यह है कि हीरा को मोहन पसंद नहीं। और दूसरी बात यह है कि मोहन कहीं खो गया है।

'कहाँ चला गया होगा मोहन?' उसको मोहन की फ़िक्र थी। कैसा भी हो, आखिर अपने गाँव का लड़का है। उसके लिए चिंता स्वाभाविक है।

हीरा का ध्यान टूटा।

नंदू वापस आ गया था और बुला रहा था, ''हीरा चल, बॉल खेलें। सूरज

भी आया है।''

सूरज को देख हीरा खुश हो गया।

नीलम आंटी का बेटा सूरज उसका जिगरी दोस्त है। दोनों एक ही क्लास में पढ़ते हैं। हर समय एक साथ रहते हैं। सूरज उजला गोरा है और हीरा सांवला। और उनकी दोस्ती एकदम पक्की। दोस्ती तो दोस्ती होती है, दोनों जानते हैं।

''मिट्ठू बोलो–सूरज अच्छा, हीरा गंदा!'' सूरज मिट्ठू के पिंजरे के पास जाकर उसे सिखाने लगा।

''सूरज! सूरज! सूरज!'' मिट्ठू ने कहा। तोता सूरज को अच्छी तरह पहचानता था।

''मिट्ठू बोलो–सूरज अच्छा, हीरा गंदा!'' सूरज ने फिर से सिखाया।

''सूरज! सूरज! सूरज!'' समझदार मिट्ठू ने अपना वाक्य दोहरा दिया।

''सूरज, उसे मत छेड़।'' हीरा ने कहा। उसको बिल्कुल पसंद नहीं कि मिट्ठू किसी और की सिखाई बातें दोहराए। कहे। उसने तो मिट्ठू को 'राम-राम' 'श्याम-श्याम' 'गुड मॉर्निंग' 'गुड नाइट' सिखाया है। 'थैंक यू', 'यू आर वेलकम' सिखाने की कक्षाएँ आजकल जारी हैं।

दुष्ट मिट्ठू न 'थैंक यू' कहता है, न 'वेलकम'। बस सूरज, हीरा, नंदू–इन तीनों के नामों को दिन-रात रटता रहता है। हिंदी वार्तालाप तो मिट्ठू जी ने बिना किसी के सिखाए ही सीख लिया है।

माँ जितनी बार नंदू-हीरा को डांट लगाती है मिट्ठू उन सब बातों को साथ-साथ दोहराता रहता है, ''हीरा, पढ़ाई कर। नंदू, पढ़ाई कर।''

यहाँ तक कि माँ जो कुछ पिताजी से कहती है, मिट्ठू वह भी सीख चुका है! ''अजी, आपको तो कुछ समझ ही नहीं है।'' पिताजी को देखते ही चिल्लाता है। यह माँ का संवाद है, जो मिट्ठू ने रट लिया है।

''नंदू, मैं इस तोते को अपने घर ले जाऊँ?'' सूरज ने पूछा।

''ले जा, ले जा!'' नंदू ने हामी भरी।

''हाथ मत लगाना।'' हीरा ने झिड़का, ''तू अपना लेकर आ। यह मेरा है। नंदू का थोड़े ही है। काजल दीदी ने मुझे दिया था।''

सूरज हँस दिया।

नंदू भी हँस दिया।

दोनों हीरा को चिढ़ाने के लिए अक्सर यह खेल करते हैं। सूरज मिट्ठू को मांगता है और नंदू उसे मिट्ठू को लेने की इज़ाज़त दे देता है। हीरा तिलमिलाकर लड़ने लगता है। नंदू और सूरज का मकसद हल हो जाता है।

हीरा भी हँस पड़ता है।

❑

पाँच साल पहले तोते का एक बच्चा काजल दीदी ने बस्ती के पास वाले बगीचे में पड़ा पाया था। वह बच्चा उड़ नहीं पा रहा था। किसी बड़े पक्षी ने उसे चोट पहुँचाई थी।

दीदी उसे घर ले आई, उसकी चोट पर दवाई लगाई और खाने को दाल-चावल दिया। छोटा तोता खाना खाकर घर में ही बैठा रहा। कैसे उड़ता, पंख में चोट जो थी।

"तू रात को सोएगी, तो इसे रातों-रात बिल्ली खा जाएगी।" माँ ने कहा।

काजल दीदी रुआँसी हो गई, "माँ, ऐसे मत कहो। यह बहुत प्यारा है!"

"जा, सोमवार की हाट से एक पिंजरा खरीद ला।" माँ ने सौ का नोट निकालकर काजल को दिया, "तब तक मैं इसे देख रही हूँ। थोड़े दिन पिंजरे में रखकर छत पर लटका देंगे। जब इसकी चोट ठीक हो जाएगी, तब दोबारा बगीची में छोड़ आना।"

"हाँ, यही ठीक रहेगा।" काजल भागती हुई गई और एक पिंजरा खरीद लाई। छोटे तोते को उस पिंजरे में रख दिया गया और 'मिट्ठू' नाम दे दिया गया।

मिट्ठू के पंख की चोट कई दिन में ठीक हुई। तब तक काजल उसकी देख-रेख करती रही। उसे खाने का सामान दिया, उसके पंखों की सफाई की।

लेकिन जब चोट ठीक हो गई, तो मिट्ठू पिंजरे से बाहर निकलने को राजी ही नहीं हुआ। जब काजल ने उसे बगीचे में जाकर छोड़ा, तो वह अपनी जगह बैठा रहा। वह उड़ने को तैयार नहीं था। काजल को उस पर तरस आ गया।

‘‘माँ, ऐसे जमीन पर बैठा रहेगा, तो कोई भी जानवर इसे चोट पहुँचा देगा। चलो, इसे दोबारा घर ले चलते हैं। पिंजरे का दरवाजा खुला रखेंगे, इसे उड़ना होगा, तो उड़ जाएगा।’’

‘‘यही ठीक रहेगा।’’ माँ सहमत थी।

मिट्ठू के पिंजरे का दरवाजा कई दिन खुला रखा गया। पर उसने पिंजरे से बाहर जाना पसंद ही नहीं किया। वह घर का एक सदस्य बन चुका था।

जब काजल गाँव में रहने लगी, तो उसने हीरा को मिट्ठू की जिम्मेदारी सौंप दी। पिछले तीन सालों से गाँव जाते वक्त पिंजरे में बंद मिट्ठू बस या ट्रेन में बैठकर उनके साथ गाँव जाता है। और वापसी में उनके साथ दिल्ली लौट आता है।

मिट्ठू को देखकर सूरज अक्सर ललचा जाता है। और हीरा उसे किसी को देने को तैयार नहीं।

‘‘यह काजल दीदी का है। जब काजल दीदी दिल्ली लौटेगी, हम उसका मिट्ठू उसे सौंप देंगे।’’ वह अक्सर कहता है।

नंदू और सूरज एक बार फिर घर से बाहर निकल गए थे।

जीने पर चप्पल की पट्-पट् आवाज़ आई-माँ के कदमों की आहट।

हीरा ने देखा कि माँ वापस आ गई थी। उसके पीछे पिताजी भी जीना चढ़ रहे थे।

पिताजी ने माँ की ओर प्रश्नसूचक नज़रों से देखा।

माँ ने आँखें नचाईं।

हीरा समझ गया कि माँ अपनी पगार ले आई है।

वह मन ही मन सहम गया। ‘अब? अब तो गाँव जाने के लिए सामान रखना ही होगा।’

‘काश इस समय काजल दीदी हमारे साथ होती, तो हम इस तरह दिल्ली छोड़कर न जाते!’ उसके मन में उठा।

❑

बाईस साल की काजल पूरे घर की रौनक है। पहले वह उनके साथ दिल्ली में रहती थी। कमला बस्ती के सरकारी स्कूल में पढ़ती थी।

लगभग पाँच साल पहले सब लोग गर्मियों की छुट्टी में गाँव गए। यह वही समय था, जब मिट्ठू घर में आया था।

उस समय काजल अठारह साल की होने वाली थी। उसने बारहवीं का एग्जाम दिया था। रिजल्ट आ चुका था और उसकी फर्स्ट डिवीज़न आई थी।

जब वे दिल्ली लौटने लगे, तो दादी-दादाजी ने जिद की कि काजल को वहीं गाँव में रहना चाहिए। उन्होंने कहा, "हम चाहते हैं कि अब काजल शहर न जाए, यहीं हम लोगों के साथ रहे।"

माँ-पिताजी सोच में पड़ गए। पर काजल तुरंत मान गई। कहने लगी, "दादी-दादाजी, मैं यहाँ रुक रही हूँ। आप कस्बे के कॉलेज में मेरा एडमिशन करवा दीजिए। मैं अपनी पढ़ाई पूरी करूँगी। मुझे टीचर ट्रेनिंग करके हर हाल में टीचर बनना है। स्पेशल दादी-दादाजी की स्पेशल पोती!"

दादी-दादाजी सोचते रहे। उन्होंने मन-ही-मन कल्पना की कि काजल अध्यापिका बन गई है और गाँव के स्कूल में पढ़ा रही है। कल्पना से ही उन्हें सिहरन दौड़ गई, उनकी पोती गाँव में टीचर....दोनों ने तुरंत सहमति दी, "ठीक है बिटिया, गाँव में भी पढ़ाई की व्यवस्था है। पास के कस्बे में स्कूल-कॉलेज की सुविधा है।"

उस घटना को लगभग पाँच वर्ष बीत गए हैं। काजल ने गाँव में रहकर बी.ए. पास कर लिया है। टीचर ट्रेनिंग भी पूरी हो गई है। वह गाँव के बच्चों को पढ़ाती है। पैसा नहीं लेती। बस अपनी खुशी के लिए उन्हें अच्छी बातें सिखाती है। उसने नौकरी के लिए फ़ॉर्म भरने भी शुरू कर दिए थे और अब मई में उसकी शादी तय थी।

दादी-दादाजी ने मोहन के साथ काजल की शादी तय कर दी। उसी मोहन के साथ, जो हीरा को तनिक भी नहीं भाता है।

हीरा गाँव नहीं जाना चाहता। उसे मोहन पसंद नहीं।

बुद्धू मोहन!

कहीं भी खो गया! क्या उसे अपने गाँव-घर का रास्ता भी नहीं पता?

❑

घर जाने की तैयारी

'माँ मशीन है क्या? वह इतना सब कैसे कर लेती है?' हीरा कभी-कभी सोचता है।

दोपहर का खाना निपटाने के बाद माँ ने शाम तक बंडल भर रोटियाँ तैयार कर लीं।

दोनों भाई दोपहर से घर में ही थे। वे बाहर खेलने नहीं गए थे। बाहर लॉकडाउन जो था।

''तुम दोनों अपने दो-दो जोड़ी कपड़े रख लो। हम जल्दी ही गाँव में होंगे। वहाँ और कपड़े हैं ही। रात को निकलना है।'' माँ बोली। अब वह सामान लगा रही थी।

कई साल पहले एक आंटी ने अपनी पुरानी अटैची माँ को दी थी। पहियों से चलने वाली वह अटैची माँ हमेशा गाँव जाते वक्त निकालती है। अभी भी वह उसी में सामान रख रही थी।

चारों सदस्यों के दो-दो जोड़ी कपड़े रखने के बाद माँ ने दो बड़े-बड़े बंडल अटैची में रखे।

हीरा उन बंडलों को पहचानता था।

एक में करोलबाग से खरीदा शादी का लाल जोड़ा था। झिलमिल सितारों से सजा फैशन वाला लहंगा सेट काजल के लिए था। काजल ने माँ से खास-तौर से इस तरह का लहंगा लाने के लिए कहा था। माँ ने पूरे पाँच हजार खर्च किए हैं इस लहंगे पर।

यों तो इस लहंगे की कीमत दस हजार से भी ज्यादा थी। पर वह दुकान शांता आंटी के जान-पहचान वालों की थी। उन्होंने माँ का लिहाज कर हाफ़

रेट से भी कम में एक नया फैशन वाला लहंगा दे दिया। घर में सभी को उम्मीद है कि काजल उस लहंगे को बहुत पसंद करेगी।

दूसरे पैकेट में मोहन के लिए नया रेशमी जोड़ा है। इतने सुंदर जोड़े के लायक नहीं है देहाती मोहन। पर हीरा क्या करे? उसके सिवा घर में किसी को मोहन से आपत्ति भी तो नहीं है।

अब माँ की अटैची तैयार थी।

"बड़ी थकान लग रही है। चलो, थोड़ी चाय पीते हैं।" माँ ने कहा।

"माँ, चाय दो। माँ, बिस्किट दो।" मिट्ठू ने टांय-टांय करना शुरू किया।

हीरा का ध्यान गया, "यह मिट्ठू? माँ, क्या यह भी साथ चलेगा?"

"अरे, तोता-मैना को लादकर कौन ले जाएगा?" माँ झुँझलाई।

"क्या? क्या अंजना आंटी अपनी मैना को लेकर नहीं जा रहीं?" हीरा हैरान हुआ, "पर अंजना आंटी मैना के बिना कैसे जाएँगी?"

"अरे बाबा!" माँ हँसने लगी, "वह मैना कोई चिड़िया थोड़े ही है। वह तो अंजना की बेटी है। मैना लड़की है। अंजना उसे प्यार से मैना कहकर बुलाती है। पर हम मिट्ठू को अपने साथ लेकर नहीं चलेंगे। राह में सर्दी-गर्मी, धूप-पानी कुछ भी हो सकता है। मिट्ठू बहुत नाजुक है। झेल नहीं पाएगा। इससे बेहतर है कि इसका पिंजरा खोल दे। अपने-आप कहीं उड़ जाएगा।"

"माँ, मैं अभी आता हूँ।" मिट्ठू का पिंजरा हाथ में ले हीरा ने अपनी चप्पलें पहनीं।

"कहाँ जाता है, ठहर जा।" माँ चिल्लाती रह गई।

हीरा जीने से नीचे उतर चुका था।

❑

"सूरज, तुझे मिट्ठू चाहिए था न! ले, रख ले।" हीरा ने सूरज को मिट्ठू का पिंजरा थमाते हुए कहा।

मिट्ठू को पाते ही सूरज की आँखें चमक उठीं। पर वह चौंक गया, "क्या हुआ हीरा? इसे मुझे क्यों दे रहा है?"

"हम रात को गाँव जा रहे हैं। इसे अपने साथ नहीं ले जा सकते।" हीरा उसके कान में फुसफुसाया, "किसी को बताना नहीं।"

"पर क्यों?"

"मेरे पिताजी का काम बंद है, माँ का भी। अगले महीने काजल दीदी की शादी है। मेरे होने वाले जीजा, मेरा मतलब है मोहन का कहीं अता-पता नहीं है। शायद वह खो गये हैं। घर में सभी बहुत परेशान हैं। हमें निकलना ही होगा।"

सूरज सारी बातें समझ गया। कहने लगा, "चिंता मत कर। मैं इसका ध्यान रखूँगा।"

हीरा बुदबुदाया, "तू स्कूल में पढ़ाई करना, तो....

"हाँ, मैं सारे नोट्स बना लूँगा। तुझे दे दूँगा। वैसे भी तू स्कूल खुलने तक लौट आएगा हीरा।"

"मैं यह कह रहा था कि जब तू स्कूल में पढ़ाई करना, तो इस पिंजरे को कमरे की छत के कुंदे में लटकाकर जाना। नीचे मत रखना, नहीं तो बिल्ली इसे मार डालेगी।" हीरा उदास था।

"हाँ, मुझे पता है, मैं पूरी सावधानी रखूँगा। पर फिर... फिर तेरी पढ़ाई का क्या होगा?"

"क्या पता! माँ की जो मर्जी होगी, हम वही करेंगे। शायद हम वापस नहीं आएंगे। गाँव में भी स्कूल है सूरज। मैं वहाँ पढ़ सकता हूँ।"

"वापस नहीं आयेगा?" सूरज बुरी तरह मायूस दिखने लगा।

"चिंता मत कर, हम कहीं भी रहें, हमारी दोस्ती पक्की है। भगवान कसम!" कहते हुए हीरा ने सूरज के दोनों हाथों को अपने हाथों में ले लिया।

"सच कहता है।" सूरज भी भावुक हो गया, "जब लॉकडाउन खत्म हो जाएगा और ट्रेन चलने लगेंगी, तो मैं गाँव आकर तुझसे मिलूँगा। मिट्ठू को भी साथ लेता आऊँगा।"

"अरे वाह!" हीरा मुस्करा दिया।

❑

यह भी कोई गाँव जाना होता है?

गाँव जाने के लिए रात होने का इंतजार किया जा रहा था।

हीरा समझ नहीं पा रहा था कि माँ–पिताजी और सुरेश अंकल किससे डर रहे हैं?

उसने खिड़की खोलकर कई बार देखा। लोग लगातार सामान लेकर बस्ती छोड़कर जाते दिख रहे थे।

''हमें नहीं, सुरेश को डर है। वह बिना किराया दिए भाग रहा है।'' पूछने पर माँ ने बताया।

''लॉकडाउन में घर से बाहर जाना गलत है।'' पिताजी ने एक बार फिर अपनी पुरानी बात दोहराई।

माँ ने मुँह बिचका दिया।

अब तक खाने–पीने की पोटलियाँ, पानी की बोतलें बैग में रखी जा चुकी थीं।

''मेरे मोबाइल की बैटरी ठीक नहीं है। जब तक चार्जर से लगा रहता है, तब तक बात कर सकते हैं। चार्जिंग से हटाते ही डेड हो जाता है। आप अपना मोबाइल अच्छी तरह चार्ज करके चलो।'' माँ ने पिताजी से कहा।

पिताजी चुप रहे।

''क्या हुआ, आपका मोबाइल कहाँ है?'' माँ ने चौंककर पूछा।

''मैंने मकान मालिक के पास रखा दिया है।''

''क्या मतलब?'' माँ चौंकी, ''वह तो आपने तीन हजार देकर पिछले महीने खरीदा था।''

''हाँ, मोबाइल नया था, इसीलिए तो उसने रख लिया। यदि सारे रुपये नकद दे देता, तो रास्ते का काम कैसे चलता? इसलिए मैंने दो हजार नकद दिए हैं और एक मोबाइल मकान मालिक के पास गिरवी रख दिया है। उसने हामी भरी है कि लॉकडाउन भर वह हमारे सामान को यहाँ सुरक्षित रहने देगा। बाद में पैसे देकर मैं अपना मोबाइल छुड़ा लूँगा।''

''ओह!'' माँ कुछ पल को खामोश हो गई। फिर अचानक हड़बड़ाकर बोली, ''देख कर आओ, कहीं सुरेश हमें छोड़कर निकल तो नहीं गया।''

''नहीं, उसने साफ–साफ कहा है कि वह साढ़े आठ के बाद निकलेगा।'' पिताजी ने समझाया, ''तब तक हम लोग थोड़ा खाना खा लेते हैं। भूखे पेट

निकलने का तो कोई मतलब नहीं।''

''हाँ, अभी खाने के लिए सब्जी-रोटी मैंने यहाँ रखी है।'' माँ ने कटोरदान की ओर इशारा किया।

सभी ने खामोशी के साथ सब्जी-रोटी खा ली।

शाम का साढ़े सात बज चुका था।

लॉकडाउन लगे लगभग बीस घंटे हो रहे थे और बस्ती में सन्नाटा छा चुका था। कल वाली चहल-पहल, अफ़रा-तफ़री एकदम खत्म थी। घर भी शांत था, क्योंकि मिट्ठू की हर वक्त की टांय-टांय सुनाई नहीं दे रही थी।

आठ बजे नंदू और हीरा चलने के लिए एकदम तैयार हो गए।

हीरा ने पैरों में स्कूल के सफेद जूते पहन लिए थे। जूतों से चलने में आसानी रहेगी, वह जानता था।

''मैं जूते नहीं पहनूँगा।'' नंदू ने मना कर दिया, ''मुझे स्कूल में साफ जूते पहनकर जाने की आदत है। गाँव तक जाने में तो मेरे जूते खराब हो जाएँगे।''

''जैसा तेरा मन। चप्पल पहन ले।'' माँ ने हामी भरी।

'क्या हम यहाँ लौटकर आएंगे?' हीरा के मन में प्रश्न था, 'माँ तो कह रही है कि वह अब यहाँ कभी वापस नहीं आने वाली! खैर, लॉकडाउन खत्म होने के बाद जब पिताजी सामान लेने आएंगे, तो नंदू के जूते भी लेते आएंगे।'

वह अपने पैरों को देखता रहा। उसे नए जूते पहने का बहुत शौक है। उसने मन ही मन कल्पना की कि जब वह चकाचक सफेद जूतों में गाँव पहुँचेगा, तो काजल दीदी उसे कितना प्यार करेंगी। वह दीदी से मिलने को बहुत इच्छुक था।

'और मोहन! मोहन कहाँ होगा?' उसके मन में उठा।

''कोई न कोई सवारी मिल जाएगी न?'' माँ ने पिताजी से सवाल किया।

पिताजी चुप रहे, तो माँ ने खुद ही उत्तर भी दे दिया, ''हाँ, मिल जानी चाहिए। ट्रक वाले थोड़ा अधिक पैसा लेकर सवारियाँ बैठा लेते हैं, मैं जानती हूँ।''

समय बहुत लंबा खिंचता लग रहा था।

'सुरेश अंकल धोखा दे सकते हैं।' हीरा ने सोचा।

'यदि अंकल न बुलाएं, तो क्या माँ गाँव जाने का इरादा खत्म करेगी?' उसके मन में यह प्रश्न था।

'कितना अच्छा रहेगा यदि हम इस समय गाँव न जाएँ। इक्कीस दिन बाद स्कूल खुलेगा। मैं यहीं पढ़ना चाहता हूँ।' उसके दिल से आवाज़ आई।

पर ठीक पौने नौ बजे सुरेश अंकल ने पुकारा, तो चारों लोग झटके के साथ उठ खड़े हुए।

माँ ने अपनी अटैची हाथ में उठा ली। पिताजी ने खाने-पीने का बैग कंधे पर लटका लिया। कमरे के दरवाजे पर ताला डाल वे जीने से नीचे उतर आए।

चारों के चेहरे पर मास्क थे। ये मास्क माँ को शांता आंटी ने दिए थे।

सुरेश अंकल नीचे खड़े थे। मैना को गोद में लिए अंजना आंटी भी साथ थीं। अंकल-आंटी मास्क लगाए हुए थे।

रात के नौ बजने से पहले ही दोनों परिवार कमला बस्ती से बाहर निकल चुके थे।

❑

सड़क पर

रास्ता पहचान में नहीं आ रहा था। माहौल इतना सुनसान था कि देखकर डर लग रहा था। आकाश में घने काले बादल थे, अतः वातावरण जरूरत से ज्यादा रहस्यमय हो गया था।

''मेरा हाथ पकड़कर चल।'' नंदू ने हीरा को डांटा, ''किस सोच में डूबा हुआ है? रास्ते पर ध्यान दे।''

हीरा चुप रहा। वह नंदू को क्या बताता कि उसे इस तरह गाँव जाना बुरा लग रहा है। यह भी कोई तरीका हुआ कि रात के अंधेरे में चोर की तरह मुँह छिपाकर अपने घर से निकल पड़े। और अंधेरा भी ऐसा कि अच्छा-खासा इंसान डर जाए, अच्छा-खासा इंसान चोर नज़र आए।

''रास्ता सीधा है। जहांगीरपुरी से सीधे आनंद विहार बस अड्डा। पर शुरू में गलियों के अंदर चलना ही बेहतर है।'' सुरेश अंकल ने कहा।

एक गली से दूसरी गली का रास्ता लेते हुए न जाने कितना दूर चलते चले गए।

अंकल सबसे आगे थे। उनकी पीठ पर लटका बैग बहुत हल्का था। एक साल की मैना को गोद में लेकर चलने से आंटी की गति थोड़ी धीमी थी।

माँ अपनी अटैची को शुरू में हाथ में पकड़े रही। फिर वह अटैची को उसके हैंडल से खींचती हुई पहियों के सहारे चलाने लगी।

पिताजी के पीछे साये की तरह चलते नंदू और हीरा एक-दूसरे का हाथ पकड़े हुए थे।

जल्द ही उन्हें गलियों का रास्ता छोड़कर सड़क मार्ग पर आना पड़ा। सड़क पर भी कुछ दूर तक कोई व्यवधान नहीं मिला। सड़क किनारे चलते

और लोग भी नज़र आ रहे थे।

किंतु थोड़ा-सा चलते ही दो पुलिस वाले दिखाई दिए। वे अपनी ड्यूटी कर रहे थे।

"कहाँ जाते हो?" एक कॉन्स्टेबल ने पूछा।

हीरा मन ही मन उत्सुक हुआ। यदि पुलिस अंकल इन लोगों को डांट लगाएं, तो शायद ये लोग वापस लौट जाएँ! रात के नौ बजे सड़क पर चलते हुए वह जरा भी खुश नहीं था।

पर सुरेश अंकल तो बड़े ही झूठे निकले। एकदम गिड़गिड़ा उठे, "हवलदार साहब, हम कुरुक्षेत्र से चलते हुए आ रहे हैं। हमें जमुना पार जाना है।"

"कुरुक्षेत्र से रास्ता खुला था?" पुलिस अंकल हैरान हुए, "बड़ी जल्दी यहाँ तक पहुँच गए!"

"इधर लॉकडाउन का समाचार मिला, उधर दिल्ली से माँ का फोन आया कि पिताजी बीमार हैं। हम तुरंत इस ओर दौड़ पड़े। पिछले जितने भी नाकों पर पुलिस वाले मिले, सभी ने हमारी बात सुनकर यही कहा, जल्दी जाओ और पिताजी की सेवा करो।"

"हाँ, हाँ।" पुलिस अंकल को तरस आ गया, "ठीक है, माता-पिता की सेवा करना तो बच्चों का फ़र्ज़ है। पर सरकारी आदेश है कि जो जहाँ है, वहीं रहे।"

"अब हम यहाँ सड़क पर रुककर क्या करेंगे साहब? अब तो हमें आगे जाने दीजिए। जरा-सा रास्ता रह गया है। बस अड्डे के पास ही हमारा घर है।"

पुलिस वाले ने कहा, "भाई, आप समझदार हैं। मुझे पूरी उम्मीद है कि आप नियमों का पालन करेंगे। मैं यही चाहूँगा कि आप इस वक्त सड़कों पर न दिखें। तुरंत अपने घर पहुँचें या किसी रैन बसेरे में ठहर जाएँ।"

"आपकी बड़ी मेहरबानी सरकार।" कहते हुए सुरेश अंकल आगे बढ़ गए। उनके पीछे मैना और अंजना आंटी, माँ, पिताजी, हीरा-नंदू।

कहते हैं झूठ के पांव नहीं होते। पर यहाँ तो झूठ उनके साथ चल रहा था।

सुरेश अंकल के झूठ पर हीरा को बहुत गुस्सा आ रहा था।

उसे अंकल के झूठ पर हैरानी भी थी। 'क्या अपना काम बनाने के लिए इस तरह से झूठ बोला जाता है? फिर बड़े लोग बच्चों को क्यों सिखाते हैं कि

झूठ बोलना पाप है?'

❑

थोड़ा-सा आगे बढ़े थे कि फिर से पुलिस वालों से सामना हुआ।

"कहाँ जाते हो? लॉकडाउन है।" ड्यूटी देते पुलिस अंकल चिल्लाए।

माँ को भी सुरेश अंकल का झूठ पसंद नहीं आया था। माँ ने हीरा और नंदू को हमेशा सिखाया है कि किसी की बीमारी का झूठ नहीं बोलते। वह अपने काम से छुट्टी लेती है, तो कभी बीमारी का झूठा बहाना नहीं बनाती। हमेशा सच बोलती है।

इस बार माँ आगे बढ़ी और कहने लगी, "हुजूर, मेरी बेटी की शादी है। हमें झारखंड तक जाना है।

"झारखंड तक जाना है! मजाक समझ रहे हो? झारखंड यहाँ है? वापस लौटो।"

"मैं वापस नहीं लौट सकती।" माँ गंभीरता से बोली, "मेरी बेटी परेशान है। मुझे हर हालत में जाना है। आप भी घर-परिवार वाले हैं सरकार।"

"हम सरकारी ड्यूटी पर हैं। हमारा फ़र्ज़ है लोगों को इधर-उधर जाने से रोकना।" पुलिस अंकल ने भी गंभीरता से कहा।

"साहब, आप हमें दिल्ली की सीमा तक जाने दो। हम वहाँ से कोई ट्रक पकड़ लेंगे।" माँ ने फिर कहा।

पुलिस अंकल के चेहरे पर असमंजस का भाव आ गया। क्या किया जाए, वह समझ नहीं पा रहे थे।

इतने में बारिश की मोटी-मोटी बूँदें गिरने लगीं।

"रामवीर, छाता ले जा।" पुलिस अंकल के साथी ने उन्हें बुलाया।

"तुम लोग समझदार हो, अपना भला-बुरा समझते हो। कोई काम ऐसा मत करना, जिससे कानून टूटे।" इतना कहकर रामवीर अंकल छाता लेने चल दिए।

सभी आगे बढ़ने लगे।

इस बार पुलिस अंकल ने उन्हें नहीं रोका।

माँ ने अपनी साड़ी का पल्ला सिर के ऊपर कर लिया था। और अपनी

मोटी सी शॉल हीरा और नंदू को पकड़ा दी। दोनों ने शॉल सिर के ऊपर लगा ली, तो पानी से काफी बचाव हो गया।

पिताजी के सिर पर टोपी लगी थी, अतः उनके बाल भीग नहीं रहे थे। वह जल्दी-जल्दी आगे बढ़ रहे थे।

अटैची खींचती माँ को देख हीरा को दुःख हुआ। शायद उसके दुःखी होने का कारण यह था कि माँ की लाड़ली अटैची के पहिए मिट्टी-कीचड़ से सन चुके थे।

उसकी नज़र अपने पैरों पर गई। वह बुरी तरह खिसिया गया। कपड़े के सफेद नए जूते कीचड़-पानी में गंदे हो चुके थे। उसने नंदू की तरफ देखा।

नंदू की रबर की चप्पलें पानी में भीगकर भी ठीक थीं। उनका कुछ भी नहीं बिगड़ा था। हीरा को उससे जलन हुई।

मन मसोसकर हीरा आगे बढ़ता रहा।

पानी जल्द ही रुक गया। पर मार्च के अंत की इस बरसात से मौसम में बहुत ठंडक हो गया।

हीरा को घर और बिस्तर याद आने लगा।

घर में तो रात होते ही माँ कहती है, "सो जाओ हीरा-नंदू, सो जाओ हीरा-नंदू।"

माँ की नकल में मिट्ठू भी चिल्लाता है, "सो जाओ हीरा-नंदू, सो जाओ हीरा-नंदू।"

'अरे! मिट्ठू इस समय क्या कर रहा होगा। शायद वह सो चुका होगा!'

अपने भाई का हाथ थामे हीरा आगे बढ़ता रहा। उसकी आँखों में नींद भरी थी।

❑

न जाने कितनी देर चले होंगे। यमुना नदी के ऊपर से निकले। चौड़ी-फैली नदी रात के अंधेरे में और अधिक विशाल लग रही थी। कोई दूसरा समय होता, तो हीरा खुशी से नाच जाता। पर अभी नदी की शोभा देखने का भी समय नहीं था।

वे चुपचाप आगे बढ़ते रहे।

अंत में एक साथ बहुत सारी भीड़ एक फ़्लाईओवर के नीचे खड़ी नज़र आई।

बारिश-पानी भी एकाएक तेज होता लगा।

सभी दौड़ते हुए फ़्लाईओवर के नीचे पहुँचकर खड़े हो गए। बारिश से बचने की खुशी बहुत बड़ी थी।

''यह आनंद विहार मेट्रो स्टेशन है। यहाँ से कोई न कोई बस या ट्रक जरूर मिल जाएगा।'' सुरेश अंकल ने बताया।

जरूरी थोड़े ही था कि सुरेश अंकल का कहा सच होता!

दूर तक कई बसें खड़ी दिख रही थीं, पर ड्राइवरों का अता-पता तक नहीं था।

हीरा के परिवार जैसे न जाने कितने परिवार सवारी के इंतजार में खड़े थे। लेकिन कोई सवारी कहीं आती-जाती नज़र नहीं आ रही थी।

फ़्लाईओवर के नीचे खड़े लोगों ने अपने चेहरे पर मास्क लगा रखे थे। जिसके पास मास्क नहीं था, उसने अपने मुँह पर कपड़ा लपेट रखा था। न जाने कहां-कहाँ से चल कर आए लोग इस जगह पहुँचे थे। भीड़ में सब इतना पास खड़े थे कि सोशल डिस्टेंसिंग का नामोनिशान तक नहीं था। स्पष्ट था कि यदि इनमें से किसी को भी कोरोना हुआ, तो वह बाकी सभी को संक्रमित कर देगा।

सभी काफी देर तक खड़े रहे।

बारिश रुक नहीं रही थी। सड़क पर जाने का मतलब नहीं था। ठंड भी थी।

हीरा थर-थर काँप रहा था।

''माँ, अपने घर वापस चलें। अभी गाँव बहुत दूर है।'' नंदू ने माँ से पूछा। वह भी इस सबसे बुरी तरह थक रहा था।

''चुप हो जा। वापस लौटने का नाम भी मत लेना।'' माँ चिड़चिड़ा उठी, ''थोड़ा पैदल चलेगा, तो घिस नहीं जाएगा। यहाँ सवारी नहीं मिलेगी, तो हमें पैदल आगे बढ़ना है। कहीं न कहीं तो सवारी मिलेगी ही। 'वापस चलें' 'वापस चलें' कहने की जरूरत नहीं।''

''कहाँ जाना है?'' भीड़ में खड़े एक आदमी ने प्रश्न किया।

"कहीं नहीं।" पिताजी ने उत्तर दिया।

"मैं ट्रक ड्राइवर हूँ। वह खड़ा है मेरा ट्रक।" उस आदमी ने दूर खड़े एक ट्रक की ओर इशारा किया, "बताओ, कहाँ जाना है?"

"आपका ट्रक कहाँ जा रहा है?" सुरेश अंकल ने प्रश्न किया।

"मुझे तो आसाम तक माल पहुँचाना है। रास्ते में बहुत से प्रांत पड़ेंगे। तुम बताओ, तुम्हें कहाँ जाना है?"

"झारखंड!" सुरेश अंकल ने बाकी लोगों की तरफ देखा।

"हाँ, हाँ झारखंड?" अंजना आंटी ने दोहराया।

"कितना लोगे? हम सात लोगों का परिवार है।" पिताजी ने पूछा।

"यों तो एक जने का दो हजार के हिसाब से चौदह लगना है। पर तुम लोग दस हजार दे देना। इतना है तुम्हारे पास?"

"दस हजार!" माँ गुस्से से पागल हो गई, "मजाक समझ रखा है! तीन बच्चे हैं, चार बड़े। पाँच-पाँच सौ ले लो। साढ़े तीन या ज्यादा से ज्यादा चार हजार दे देंगे। दस हमारे पास नहीं है।"

"पैदल चलती रहो। बिना पैसे के पहुँच जाओगी।" उस आदमी ने ताना कसा।

"पैदल ही जाएँगे। अपनी मेहनत की कमाई तुम जैसों पर नहीं लुटाएंगे।" माँ लड़ने के मूड में आ गयी थी।

वह आदमी व्यंग्य से मुस्कराया और अलग हट गया।

पिताजी ने माँ को झिड़का, "अरी भागवान, झगड़ा शुरू मत कर। पता नहीं, कौन आदमी किस स्वभाव का है। अभी मार-पीट हो गई, तो घर भी नहीं पहुँच पाएंगे। सीधे थाने पहुँच जाएँगे या फिर अस्पताल।"

सुरेश अंकल ने भी उपदेश दिया, "भाभी, हर किसी से बात मत किया करो। रास्ते में चोर-लुटेरे-बदमाश भी मिलेंगे। हम लोग चुपचाप आगे बढ़ें, इसी में भलाई है।"

माँ ने बात समझी। वह चुप हो गई।

फ़्लाईओवर के पास लाइन से दुकानें बनी थीं। उन बंद दुकानों की सीढ़ियों पर लोग बैठे हुए थे। एक तरफ जगह देख माँ ने हीरा को बैठ जाने को कहा। पहले हीरा बैठा, फिर एक-एक करके सभी को टिकने भर की

जरा-बहुत जगह मिल गई।

काफी देर बैठे रहे। बारिश रुक नहीं रही थी। दुकान की सीढ़ियों के नीचे कीचड़ का पानी तेज गति से बह रहा था।

'कहाँ जाएगा यह पानी? यमुनाजी में? पर क्यों, यह तो गंदा है। यमुना नदी में गंदगी नहीं मिलनी चाहिए। हमारी नदियों का पानी मोती जैसा साफ रहना चाहिए।' हीरा के मन में उठा।

उसका परिवार सफाई-पसंद है। रोज नहाना, कपड़े धोना, घर की झाड़-पोंछ करना माँ की आदत है। इसलिए बच्चे भी सफाई का बहुत ध्यान रखते हैं। वे लोग कहीं भी गंदगी नहीं फैलाते। यहाँ तक कि पूजा-हवन की सामग्री को कभी तालाब, नहर, नदी में नहीं बहाते।

माँ का कहना है कि पूजन-सामग्री बगीचे में बने गड्ढे में डाल देनी चाहिए। खाद बन जाती है। नदी साफ, धरती माँ खुश।

सोचते-सोचते हीरा को नींद आने लगी थी।

उसने सुरेश अंकल की कलाई घड़ी की तरफ देखा। उसमें एक बज चुका था। लॉकडाउन शुरू हुए पच्चीस घंटे बीत चुके थे।

लगभग दो बजे बारिश रुकी। आसपास बैठे सभी लोग उठकर चल दिए।

"सवारी नहीं है, तो पैदल ही आगे बढ़ा जाए। काफी आराम हो गया। बैठकर समय बर्बाद करने से क्या होगा?" पिताजी ने कहा।

❑

सातों लोगों का कारवां एक बार फिर चल दिया।

"झारखंड किस तरफ है? पूरब किधर है? अंधेरे में समझ नहीं आ रहा।" माँ ने सुरेश अंकल से कहा।

"हम पूरब की तरफ ही बढ़ रहे हैं। लगातार चलते रहेंगे, तो अपने गाँव पहुँच जाएँगे।" अंकल बोले, "यहाँ सभी लोग उसी ओर जा रहे हैं। दिल्ली से अलीगढ़, मैनपुरी, कन्नौज, रायबरेली, गौरी गाँव, वाराणसी, चंदौली, सासाराम, औरंगाबाद, जशपुरनगर.....

"अंकल को रास्ता याद है!" हीरा को हैरानी हुई।

"क्या कोई सवारी नहीं मिलेगी?" रास्ते का विवरण सुन माँ डरी।

"देखो!"

"यदि पैदल चले, तो कितना समय लगेगा?" माँ ने फिर प्रश्न किया।

"रुक-रुक कर चलेंगे, आराम से चलेंगे, तो भी बारह-पंद्रह दिन में पहुँच जाएँगे।" अंकल बोले।

'बारह-पंद्रह दिन लगातार पैदल चलना!' हीरा भौचक्का था। 'बड़े लोग यह क्या कर रहे हैं? क्या इन्हें नहीं पता कि छोटे बच्चे इतना पैदल नहीं चल सकते।'

पर वह अपने माँ-पिताजी को क्या कहता? उसके चारों ओर इसी तरह के लोगों की भीड़ दिखाई दे रही थी।

छोटे-छोटे बच्चे अपने हाथों में, सिर पर पोटलियाँ लिए रात के अंधेरे में अपने माता-पिता के साथ चलते जा रहे थे। कुछ बच्चे माँ के कंधे से लगे थे, कुछ बच्चे पिताजी की अंगुली पकड़े थे, कुछ अपनी अटैची खींचते आगे बढ़ रहे थे।

'क्या बच्चों से पूछा गया होगा कि इन्हें दस-बीस दिन पैदल चलना है या नहीं?' हीरा ने सोचा।

वह जानता था कि बच्चों से न तो किसी ने पूछा होगा, न ही किसी को बच्चों की इच्छा-अनिच्छा की परवाह होगी।

'बड़े लोग अपनी सुविधा के हिसाब से सारे नियम तय करते हैं।' वह जानता था।

उस भीड़ में चलते सभी बच्चे एक से नज़र आ रहे थे। थके-मांदे, हैरान-परेशान, भूखे-प्यासे, रिरियाए-खिसियाए, सड़क पर जबरन दौड़ाए से!

हीरा आसपास चलते बच्चों को गिनने लगा, 'एक, दो, तीन.... पचास...सौ.....

गिनती करने से उसकी नींद और तेज हो गयी।

वह उनींदी आँखों से देखता रहा। चारों ओर लोग ही लोग थे। बेशुमार भीड़! यहाँ दिल्ली-गाज़ियाबाद की सीमा थी, इसलिए सभी लोग इस तरफ आ गए थे। पुलिस दिख रही थी, तो भी लोग बिना ठहरे आगे बढ़ते जा रहे थे।

“भारत की जनसंख्या कितनी होगी?” अचानक हीरा ने नंदू से सवाल किया।

“एक सौ तीस करोड़! भूल गया, कल न्यूज़ में प्रधानमंत्री जी ने बताया था?”

“याद है।” नींद से भरे हीरा ने सिर हिलाया।

उसे कुछ भी याद नहीं आ रहा था। बस सामने भीड़ ही भीड़ दिख रही थी।

मजा देखो, मैना आँखें खोल टुक-टुक ताक रही थी।

हीरा ने जीभ निकाली। सिर पर हाथ से सींग बनाकर, भूत बनकर मैना को डराया।

वह बिसूरने वाली थी कि पिताजी ने हीरा को डांटा, “मत कर। ज्यादा उधम करेगा, तो पिटाई हो जाएगी।”

हीरा हँसने लगा।

“मैना-मैनी, सॉरी बहिनी!” उसने कहा।

नन्ही मैना ने मुँह फिरा लिया।

❑

पुरानी यादें

चलते-चलते हीरा एक बार फिर सोच में डूब चुका था।

उसे सोचते हुए आगे बढ़ना बहुत अच्छा लग रहा था। ऐसा करने से वह अपनी थकान को भूल रहा था। नींद का अहसास भी दूर हो रहा था। सोच में डूबने से न रास्ते की दूरी खल रही थी, न रात का अंधेरा!

उसकी सोच पता नहीं कहाँ तक पहुँच रही थी! उसके कदमों से भी तेज थी उसकी सोच!

वह जानता था कि विचारों के जरिये हम भूत, भविष्य, वर्तमान की सारी दूरी एक ही पल में तय कर लेते हैं।

हीरा के जेहन में मोहन लगातार घूम रहा था। कहाँ चला गया मोहन? सुरक्षित है या किसी मुसीबत....

हीरा सोचना नहीं चाहता। किसी के विषय में बुरी बात सोचने से माँ मना करती है।

तेईस वर्ष का मोहन उनके गाँव में ही रहता है। जब मोहन सात साल का था, उसके माँ-पिताजी एक सड़क दुर्घटना में खत्म हो गए थे। कुछ दिन वह अपने चाची-चाचा के साथ रहा। चाची-चाचा उसे प्यार नहीं करते थे। बड़े लोगों की बेकद्री का नतीजा यह हुआ कि वह हर बात अपने मन से करने लगा। किसी की बात न सुनना और गाँव में मारा-मारा घूमना - यही उसके काम रह गए थे।

मोहन लगभग दस वर्ष का रहा होगा, जब हीरा के दादी-दादाजी ने उसको अपने पास बैठाया और काफी देर तक समझाया।

दादाजी ने मोहन को बताया कि उसके माता-पिता बहुत अच्छे थे। गाँव

भर में उनका सम्मान था। किसी की मदद के लिए वे आधी रात को भी तैयार रहते थे। यदि सड़क दुर्घटना में उनकी मृत्यु न हुई होती, तो आज वे गाँव के सबसे ज्यादा सज्जन लोगों में गिने जाते।

दादाजी ने मोहन को यह भी समझाया कि बुरा इंसान बनना आसान है, अच्छा इंसान बनना कठिन है। कठिन काम करने का सुख अलग होता है।

''क्या तुम नहीं जानते कि माता-पिता मरने के बाद भी अपने बच्चे का हित चाहते हैं? यदि तुम अच्छे काम करोगे, तो स्वर्ग में तुम्हारे माँ-पिताजी की आत्मा बहुत सुखी होगी। यदि तुम बुरा काम करोगे, तो उनकी आत्मा स्वर्ग में भी आँसू बहाएगी।'' दादी ने कहा।

मोहन चुप रहा। वह सोच में पड़ चुका था।

''यदि तुम्हारे माँ-पिताजी जीवित होते, तो तुम्हें मारे-मारे घूमते देख उन्हें कैसा लगता?'' दादाजी ने प्रश्न किया।

मोहन कुछ न बोला।

दादाजी आगे कहते रहे, ''अच्छाई या बुराई का रास्ता चुनना हर बच्चे के ऊपर है। माता-पिता हमेशा चाहते हैं कि उनका बच्चा अच्छाई का रास्ता चुने। मानकर चलो कि तुम्हारे माता-पिता अभी भी तुम्हारे साथ हैं। उनका आशीर्वाद तुम्हारे साथ है। सोचकर बताओ कि तुम्हें क्या करना चाहिए?''

''मैं अच्छा बनना चाहता हूँ।'' मोहन की आँखें भर आईं।

''हाँ, तुम्हें अच्छा इंसान बनना ही होगा! अपने माता-पिता की खुशी के लिए अच्छे से अच्छा काम करना हर बच्चे का फ़र्ज़ है।'' दादी ने उसके सिर पर प्यार से हाथ फिराते हुए कहा।

''बेटा, तुम अपनी जिंदगी संवारो, इसके लिए हम हर तरह से मदद करेंगे। तुम्हारे माता-पिता हमारे बच्चों की तरह थे, इसलिए तुम भी हमारे बच्चे हो। मोहन बेटा, अच्छे रास्ते पर चलो।'' दादाजी बोले।

''दादी-दादाजी, मुझे एक मौका दीजिए। मैं आज के बाद कभी किसी को दुःखी नहीं करूँगा।'' मोहन ने कहा। उसके आँसू बह रहे थे।

दादाजी ने उसे रहने के लिए गाँव के स्कूल में एक कमरा दिलाया और उसकी पढ़ाई-लिखाई का ठीक से प्रबंध कराया। बड़े लोगों ने उसके कपड़ों, बिस्तर आदि का सारा इंतजाम किया।

उन दिनों सुबह उठकर नहा-धोकर मोहन को सबसे पहले दादाजी के पास पहुँचना होता था। वहाँ दादाजी उसे अपने सामने बैठाकर नाश्ता कराते थे। फिर मोहन पढ़ने के लिए अपनी कक्षा में चला जाता था।

स्कूल में बच्चों के लिए 'नून मील' बनाने वाली अम्मा को यह जिम्मेदारी दी गई थी कि मोहन को दोपहर के खाने-पीने की तकलीफ़ न हो।

रात का खाना मोहन दादाजी के साथ ही खाता।

स्कूल में जाड़े और गर्मियों की एक-एक दो-दो महीने की छुट्टियों में सुबह के नाश्ते के साथ-साथ दोपहर और रात दोनों समय का भोजन भी वह दादी की रसोई में ही करता।

मोहन दादी-दादाजी का आज्ञाकारी बन गया और उसने अपनी पूरी पढ़ाई गाँव और पास के कस्बे में की। बी.ए. करने के बाद टीचर की ट्रेनिंग भी कर ली।

अब मोहन तेईस साल का हो चुका है। हाट से सामान लाना, खेतों में रखवाली करना, फसल कटवाना, घर पहुँचाना आदि में वह दादाजी की पूरी मदद करता है। इनके लिए दादी-दादाजी उसे पैसे देते हैं।

मोहन का बैंक में खाता है, जिसमें वह पैसे जमा करता है। जरूरत पड़ने पर इन पैसों को वह दूसरों के लिए इस्तेमाल करता है।

इसके अलावा वह गाँव के अन्य लोगों की मदद करता है, जिससे उसे आमदनी होती है। कई बार वह खेतों से अनाज पाता है, जिसे अपने चाची-चाचा के घर पहुँचा देता है। वह उनकी बहुत इज़्ज़त करता है। यह अलग बात है कि जब उसने अपने रहने का ठिकाना गाँव के स्कूल में बना लिया, तो लौटकर चाची-चाचा के घर रहने नहीं गया।

पढ़ाई पूरी करने के बाद अब मोहन नौकरी के लिए आवेदन करता रहता है। वह बारह-तेरह साल से दादाजी के साथ है। हीरा तो अभी कुल ग्यारह साल का हुआ है। हीरा ने होश संभालने के साथ ही मोहन को दादाजी के संग उठते-बैठते देखा है।

हीरा को आश्चर्य होता है कि इतना पढ़-लिखकर मोहन खेतों में मजदूरी कैसे कर लेता है।

पर मोहन को इससे कोई फर्क नहीं। वह गाँव में हर किसी की मदद को

हर समय तैयार रहता है। 'कोई काम छोटा-बड़ा नहीं होता।' वह अक्सर कहता है।

❑

हीरा जानता है कि मोहन एक अच्छा इंसान है। इसके बावजूद वह हीरा की पसंद का नहीं है। उसके उठने-बैठने, बोलने-चालने सभी चीजों से देहातीपन झलकता है। दिल्ली में रहने की वजह से हीरा हर चीज फैशन वाली पसंद करता है।

'इंसान को स्टाइल से रहना चाहिए। यह क्या कि माथे पर एक अदृश्य चिप्पी चिपकी हुई है कि हम महादेहाती हैं।' हीरा सोचता है। मोहन का बालों में बहुत सारा तेल डालना, कुर्ता-पजामा पहनना, गले में गमछा लपेटना हीरा को गंवारपन की निशानी लगता है।

मोहन की और भी बहुत सी बातें हैं, जो हीरा को बिल्कुल नहीं पसंद।

खासतौर से उसका गुलाबी रंग की कमीज़ पहनना!

हाँ, मोहन अक्सर गहरे गुलाबी रंग की कमीज़ पहनता है।

'यह भी कोई तरीका हुआ? इतना पढ़ने-लिखने के बाद हर समय गुलाबी रंग की कमीज़ पहनी जाए! लड़कों के ऊपर तो नीले-भूरे-काले रंग अच्छे लगते हैं। गुलाबी तो लड़कियों का रंग है। पर मोहन को कौन समझाए!'

'दादाजी इसे डांट क्यों नहीं लगाते?' हीरा हमेशा सोचता है, पर कह नहीं पाता। मोहन दादाजी का दुलारा है न!

दरअसल दादाजी भी देहाती हैं। कभी गाँव से बाहर नहीं निकले हैं। दिन भर बदन पर धोती-कुर्ता चढ़ाए खेतों में काम करते रहते हैं। दोपहर का खाना खेत में पेड़ की छांव में बैठकर खाते हैं। शाम को गाँव की चौपाल में गप्पें लड़ाते हैं। सिनेमा-टीवी, फैशन, बड़े-बड़े बाजार, मॉल आदि से दादी-दादाजी का दूर-दूर तक कोई रिश्ता नहीं। सबसे पुराना, सबसे सस्ता मोबाइल लेकर वे दोनों खुश बने रहते हैं।

भला हो पिताजी का, जो पैसे की तंगी की वजह से गाँव छोड़ दिल्ली चले आए। और इसी वजह से आज हीरा तथा उसके भाई-बहन स्टाइल से रहना सीख गए हैं। शांता आंटी के साथ हीरा एक बार मॉल भी जा चुका है।

मेट्रो स्टेशन पर लिफ्ट और बिजली से चलने वाली सीढ़ियाँ यानी एस्केलेटर भी इस्तेमाल कर चुका है। सड़क किनारे खड़ी ठेल से खरीदकर छोले-कुल्चे, चाऊमिन, मोमोज़ खाना भी जानता है।

हीरा देहाती थोड़े ही है! वह दिल्ली वाला है।

और मोहन पूरा देहाती!

ऊपर से उसका गाना सुनने का शौक!

मोहन के पास एक पुराना-धुराना मोबाइल है, जिसमें उसने ढेर सारे फिल्मी गाने भर रखे हैं। हमेशा ऊँची आवाज़ में गाने बजाकर मोबाइल को जेब में रख लेता है और दुनिया भर के काम निपटाता रहता है।

'निपट गंवार है यह!' हीरा हमेशा सोचता है, 'गाना सुनने का यह कौन-सा तरीका हुआ?

हीरा के घर में दो मोबाइल हैं। एक पिताजी का, एक माँ का। पर कोई भी गाना नहीं सुनता। काजल अपने मोबाइल पर गाने सुनती है, पर कान में तार लगाकर।

अपनी दीदी पर हीरा को गर्व है, 'मेरी काजल दीदी शांता आंटी का दिया पुराना मोबाइल भी कितनी अच्छी तरह इस्तेमाल करती है। गाने कभी भी ऊँची आवाज़ में नहीं सुनती। जेब में मोबाइल, कान में हेडफोन लगाए काजल दीदी स्मार्ट लगती है! एकदम परफेक्ट स्टाइल!'

'मेरी दीदी सबसे अच्छी!' हीरा हमेशा सोचता है।

सबसे अच्छी दीदी के लिए मोहन बहुत अच्छा वर नहीं है, ऐसा हीरा का मानना है। पर वह क्या करे? काजल की मंगनी तो दादाजी ने अपने मन से की है। उन्होंने घर में किसी की सलाह थोड़े ही ली। दादाजी को लगता है कि मोहन उनका आज्ञाकारी है। उनके कहने पर चलता है।

इस मंगनी की भी एक कहानी है।

नवम्बर 2019 में छठ पूजा के लिए वे लोग गाँव गए थे। तब दादाजी ने परिवार को बताया कि उन्होंने काजल का रिश्ता मोहन के साथ करने का विचार किया है।

हीरा के पिताजी ने दादाजी की बात का विरोध नहीं किया।

''काजल और मोहन एक गाँव में रहेंगे, एक ही स्कूल में पढ़ाएंगे। शाम

को गाँव भर के बच्चों को शिक्षा देंगे। कितना अच्छा रहेगा। हमारे गाँव की तरक्की में काजल-मोहन का नाम होगा।'' दादाजी बोले।

उनकी बात के समर्थन में पिताजी ने सिर हिलाया।

हीरा को उम्मीद थी कि माँ इस रिश्ते से मना कर देगी।

पर माँ की आँखें खुशी से चमकने लगीं। ''आपने मोहन से पूछा?'' माँ ने दादाजी से प्रश्न किया।

''हाँ, मैंने काजल और मोहन दोनों से पूछा। दोनों को ही कोई आपत्ति नहीं है। कहते हैं - दादाजी, जैसा आप उचित समझें।''

''मोहन को गाँव के स्कूल में नौकरी मिल जाएगी?'' माँ ने पूछा।

''कैसे नहीं मिलेगी? गाँव में शिक्षकों की कमी है। सरकार हर साल नियुक्ति करती है। ग्रामप्रधान जी पूरे गाँव में पता करते हैं। पर अपने गाँव में पढ़े-लिखे लड़के हैं ही कहाँ? देखना, काजल और मोहन दोनों नौकरी पा जाएँगे। फ़ॉर्म भर रहे हैं। इंटरव्यू दे रहे हैं। नतीजा आने में कुछ समय तो लगेगा।''

''हूँ!'' माँ मुस्कराई।

पिताजी भी मुस्कराते रहे।

बस, बड़े लोगों ने मिलकर पंद्रह मई 2020 को शादी की तिथि तय कर दी।

एक बार फिर काजल को दादी-दादाजी के पास छोड़ माँ-पिताजी, नंदू और हीरा दिल्ली लौट आए थे।

❑

दादाजी बहुत अमीर नहीं हैं। उनके पास दो-तीन छोटे-छोटे खेत हैं, जिसमें वह चाचाजी के साथ मिलकर खेती करते हैं। मुश्किल से पेट भरने भर का कमा पाते हैं। उस खेती से जो पैसा आता है, उसमें चाचाजी का परिवार भी पलता है।

अक्सर बरसात में मनसा नदी में बाढ़ आती है और खेती बेकार हो जाती है।

गर्मियों में सूखा पड़ जाता है और खेती बेकार!

जाड़ों में पाला मार जाता है और खेती बेकार!

कुल मिलाकर खेती करना बस अपने किसान–धर्म का निर्वाह करना है।

देखा जाए तो गाँव वाले घर का खर्चा भी हीरा के माँ–पिताजी के भेजे पैसों से चलता है।

माँ–पिताजी भी ज्यादा कहाँ कमाते हैं?

पिताजी फैक्टरी में महीने भर काम करके पंद्रह हजार कमाते हैं। माँ सारा दिन मेहनत करती है, तो मुश्किल से महीने का छह–सात हजार कमाती है। उसी पैसे को खर्च भी करना है, और बचाना भी है।

कभी–कभी यह सब बहुत मुश्किल लगने लगता है। माँ–पिताजी परेशान हो जाते हैं, लेकिन इसके बावजूद हिम्मत नहीं हारते और मेहनत करते रहते हैं।

काजल की शादी तय करने के बाद माँ और पिताजी रुपए जोड़ने की कोशिश करते रहे। माँ ने और ज्यादा काम ढूँढ़ने शुरू किए। पिताजी ओवरटाइम करने लगे। वे हर महीने बैंक में पैसा डाल देते हैं, जिसे दादाजी जरूरत के मुताबिक निकालते रहते हैं।

सब कुछ तय हो जाने के बाद भी हीरा को पूरा विश्वास था कि काजल कभी भी मोहन से शादी नहीं करेगी।

'एक बार आँख खुलने की देर है। जैसे ही काजल दीदी को समझ आएगी, वह दिल्ली रहने आ जाएगी। मेरी बहन दिल्ली में रहेगी, सूरज की नीता दीदी की तरह।' वह हमेशा सोचता है।

❑

हाँ, उसके दोस्त सूरज की छोटी दीदी नीता दिल्ली में ही रहती है। उसका पति सरकारी नौकरी में है। सरिता विहार कॉलोनी में उनका क्वार्टर है।

एक बार हीरा वहाँ गया था।

नीता दीदी के बेटे का जन्मदिन था। उन्होंने सूरज, नंदू और हीरा तीनों को बुलाया था। बच्चे अकेले कैसे जा सकते थे? सूरज की माँ नीलम उनको लेकर सरिता विहार चल दीं। आंटी बहुत समझदार हैं। दिल्ली में कहीं भी

जाने से डरती नहीं हैं। जबकि हीरा की माँ को कमला बस्ती छोड़कर कहीं भी जाने से डर लगता है।

नीलम आंटी के साथ मेट्रो पर चढ़कर घूमने जाने का मजा ही कुछ और था।

जहाँगीरपुरी से सरिता विहार के बीच उन्होंने एक बार मेट्रो बदली।

आलीशान मेट्रो स्टेशन पर स्वचालित सीढ़ियों का इस्तेमाल कितना अच्छा अनुभव था!

फिर पहुँचे नीता दीदी के घर। एकदम कोठी जैसा सजा था उनका छोटा-सा घर। सोफा सेट, डायनिंग टेबल, अलमारी, गमले, गुलदस्ते सभी कुछ। अपने बेटे के जन्मदिन पर उन्होंने गुब्बारे तथा रंग-बिरंगी झंडियाँ भी सजा रखी थीं।

बड़ा-सा केक मंगाया था, वह अलग।

बढ़िया दावत के बाद रिटर्न गिफ्ट के तौर पर दीदी ने सूरज, हीरा और नंदू तीनों को प्लास्टिक के लंच बॉक्स भी दिए।

नाचते-गाते, उधम मचाते, खाते-पीते पार्टी में काफी देर हो गई।

रात का अंधेरा देख हीरा डर गया, 'अब हम घर कैसे लौटेंगे?'

नीलम आंटी के फोन पर माँ का फोन भी बार-बार आ रहा था।

"मीना, चिंता मत कर। तेरे बच्चे सकुशल वापस आ जाएँगे।" नीलम आंटी ने हँसते हुए कहा था।

जीजाजी ने तुरंत अपने परिचित ऑटोरिक्शा वाले को बुलाया। आंटी से कहने लगे, "मम्मी जी, अब मेट्रो से जाने की जरूरत नहीं। महेश अपने ऑटोरिक्शा से सीधे आपको घर पर उतारेगा।"

फिर जीजाजी अपने दोस्त से बोले, "महेश, मम्मी जी और बच्चों से पैसा लेने की जरूरत नहीं। समझ गया?"

"समझ गया जीवन भाई, बताने की जरूरत नहीं।" ऑटोरिक्शा ड्राइवर ने जीजाजी को आश्वासन दिया और ऑटो स्टार्ट किया।

तीनों बच्चे और आंटी पीछे की सीट पर एक-दूसरे से सटकर बैठ गए थे।

ऑटो स्टार्ट करते साथ महेश नाम के ड्राइवर ने पूछा, "आंटी जी, गाना सुनेंगी?"

नीलम आंटी ने हामी भर दी, तो उसने गाना बजा दिया।

रात के अंधेरे में बिजली की रोशनी में चमचमाती दिल्ली!

ठंडी हवा!

बड़े-बड़े रोशनी बिखेरते साइनबोर्ड!

कहीं सिर के ऊपर से गुजरती मेट्रो ट्रेन, तो कहीं फ्लाईओवर के ऊपर चढ़ता उनका ऑटो!

मुँह में चॉकलेट! हाथ में नीता दीदी का दिया हुआ गिफ्ट!

गाने के मधुर स्वर!

ऑटो आगे बढ़ता रहा।

सूरज और नंदू आपस में फुसफुसाकर बातें करते रहे।

हीरा चुप था।

'मैं जिंदगी भर दिल्ली में रहना चाहूँगा। मैं अपने देश की राजधानी से प्यार करता हूँ।' उसके मन में बार-बार आ रहा था।

ऑटो में वह लगातार मुस्करा रहा था।

❑

"चलते-चलते क्यों मुस्करा रहा है? बिना बात दांत दिखा रहा है!" नंदू ने टोका, तो हीरा का ध्यान टूटा।

'ऐं!' वह एक पल को चौंक गया, 'मैं कहाँ हूँ? सड़क पर! नीता दीदी के बेटे का बर्थडे तो पुरानी बात हो चुकी है। अभी देश में लॉकडाउन है और हम अपने गाँव की ओर पैदल बढ़ रहे हैं!'

हाँ, वह सोच में इतना डूब चुका था कि यह भी भूल गया था कि वह सड़क पर चल रहा है। पुरानी यादों में खो गया था।

'कितना खूबसूरत है मेरा देश! यदि कोरोना न आया होता, तो हम आज भी निश्चिंत होकर इधर-उधर घूम रहे होते!'

'और मोहन न खोया होता तो? तो हम चैन से घर में बैठते, यों सड़क पर पैदल नहीं चल रहे होते!' हीरा के मन में उठा।

❑

सड़क पर खाना-पीना

अंकल ने एक बार फिर बड़ी सड़क छोड़ कच्ची सड़क पकड़ी थी।

"भाभी, पैदल चलाने के लिए यह छोटा रास्ता है। हम दादरी की तरफ जाने वाली सीधी सड़क पा जाएँगे।" अंकल ने बताया।

हीरा कुछ भी नहीं समझ रहा था।

यह एक नयी जगह थी।

चलते-चलते रात बीत चुकी थी। चिड़ियों की चहचहाहट फैलने लगी थी।

"माँ, पैर दुःख रहे हैं।" नंदू ने कहा।

उसकी बात को अनसुना कर माँ ने पिताजी से पूछा, "टाइम क्या हुआ?"

"पाँच बज गए।" अंकल की घड़ी में समय देख पिताजी बोले।

"क्या कोई गाड़ी नहीं मिलेगी?" माँ के मुँह से निकला।

"भाभी, सब्र करो। कहीं न कहीं गाड़ी जरूर मिलेगी।" सुरेश अंकल ने उत्तर दिया।

'माँ, मोहन बेकार लड़का है। अच्छा हुआ, जो खो गया। वापस घर चलो।' हीरा ने मन ही मन कहा। पर मुँह से बोलने की उसकी हिम्मत नहीं थी। आँखों में नींद थी। पिताजी की उंगली थाम, आँखें लगभग बंद किए हुए वह आगे बढ़ रहा था।

अब उसके मन में बस एक ही बात थी, 'कितनी दूर और चलना है? झारखंड कब आएगा?'

रास्ता कच्चा-पक्का दोनों तरह का था। और रास्ते के अनुभव भी

अच्छे-बुरे दोनों तरह के थे। कहीं उन्हें डांट लगती, तो कहीं कोई सहानुभूति के साथ बात करता।

मुख्य सड़क पर पहुँचते ही पुलिस वाले फौरन टोकते, "अपने घर जाओ। यहाँ कहाँ भटक रहे हो?"

"घर ही तो जा रहे हैं सरकार!" माँ कहती।

"घर जा रहे हो? लॉकडाउन का उल्लंघन करके?" पुलिस वाले डांटते।

"जी सरकार, मजबूरी है। जिंदगी-मौत का सवाल है। जाना ही पड़ेगा।" एक बार फिर बहाना बनाते सुरेश अंकल।

पुलिस वाले अपना माथा पीट लेते और उनकी तरफ से नज़रें फेर लेते।

हीरा को दिख रहा था कि माँ और अंकल-आंटी की वजह से पुलिस वाले अपनी ड्यूटी में कोताही बरत रहे हैं। पर माँ और सुरेश अंकल गिड़गिड़ा भी अच्छा लेते थे।

कहीं-कहीं वे लोग रास्ते में उलझ जाते, तो आस-पास चलते लोग उन्हें सही सड़क बताते। सभी पैदल चलने वाले एक-दूसरे के प्रति अच्छा बर्ताव कर रहे थे।

यह सब देखना एक तमाशे जैसा था हीरा के लिए। पसंद न होने पर भी यह तमाशा देखना उसकी मजबूरी थी। वह अपने परिवार को छोड़कर कहाँ जा सकता था? मजबूरन सबके साथ चलता रहा।

बार-बार यह तमाशा बड़े लोगों को भी अच्छा नहीं लगा लग रहा था, इसीलिए वे लोग मुख्य सड़क के बजाय छोटी सड़क, गाँव और जंगल के रास्ते पकड़कर आगे बढ़ते रहे।

आंटी मैना को थामकर चलते-चलते थकान से निढाल थी।

पिताजी चुप थे। हीरा जानता था कि पिताजी को ज्यादा बोलने की आदत नहीं।

एक-दो बार पिताजी ने माँ को इशारा किया, "तुम मैना को गोदी ले लो। मैं तुम्हारी अटैची लेकर चलता हूँ।"

किंतु मैना किसी और की गोदी में जाने को तैयार नहीं थी। वह किसी और के पास जाते ही जोर से रोने लगती, तो मजबूर होकर आंटी को दोबारा

थामना पड़ता।

यों हीरा-नंदू ने भी कई बार हाथ आगे बढ़ाए, "आ जा मैना, छोटी बहना।"

पर मैना तो ऐसा दिखा रही थी मानो किसी को पहचानती तक न हो। हीरा समझ रहा था कि मैना भी इस आकस्मिक यात्रा से परेशान है।

❑

पूरब दिशा में लालिमा बढ़ती जा रही थी।

न जाने कितने लोग उसी तरह चलते दिख रहे थे। जिसे जहाँ ज्यादा थकान लगती, वहीं बैठ जाता। सड़क के किनारे पेड़ों के नीचे थके-मांदे लोग सोते भी नज़र आ रहे थे।

बारिश रुक गई थी, अतः ठंड कम हो गई थी। यों भी पैदल चलने से ठंड का एहसास कम था। माँ ने अपनी मोटी शॉल पिताजी के बैग में रखवा दी थी। अब वह साड़ी-ब्लाउज के ऊपर गर्म स्वेटर पहने थी। उसकी गति और तेज हो गयी थी। सातों लोगों में सबसे आगे चल रही थी वह।

हीरा को थकान लगनी बंद हो गई थी। वह एक मशीन की तरह चलता जा रहा था। अनजाने रास्ते, जो मुख्य सड़क से दूर थे, अब उसे अनजाने नहीं लग रहे थे। वह मन ही मन इन रास्तों से समझौता कर चुका था।

एक बार अपनी स्थिति से समझौता कर लिया जाए, तो फिर कुछ भी कठिन नहीं रहता। पैदल चलते हुए उसने इधर-उधर देखना शुरू कर दिया।

सफर का तो मतलब ही होता है नई-नई चीजें देखी जाएँ।

खेतों में फसल लगभग तैयार थी। पर ज्यादा इंसान नहीं दिख रहे थे।

'क्या गाँवों में भी लॉकडाउन लागू है? फसल का क्या होगा?' हीरा ने सोचा।

इक्का-दुक्का लोग खेतों में काम करते नज़र आते, तो उसको संतोष मिलता कि खेत सुरक्षित हैं।

दिन की रोशनी में रास्ता बहुत सुंदर दिखने लगा था।

राह में न जाने कितनी नहरें दिख रही थीं।

पिताजी का हाथ छोड़कर हीरा आगे माँ के पास पहुँच गया। "माँ, मैं

अटैची खींचूं, तुम थक गई होगी!''

''न रे, थकना कैसा? रास्ता देखती बढ़ती जा रही हूँ। कितनी सुंदर जगह है।'' माँ भी उसी की तरह सोच रही थी।

हीरा ने प्रश्न किया, ''इतना सारा पानी क्यों? तालाब भी कितने सारे हैं।''

''रात भर पानी बरसा है, तो दिखेगा नहीं क्या? खेती के लिए तालाब-नहर सभी कुछ जरूरी होता है। अपने गाँव में भी तो नहर से सिंचाई होती है। पूछ तो ऐसे रहा है जैसे कभी नहर-तालाब न देखे हों!'' माँ झल्ला गई।

हीरा हँस पड़ा। उसकी आँखों में न जाने क्या-क्या घूम गया।

उसका जूनी गाँव।

गाँव के पास वाली मनसा नदी।

नदी से निकली चौड़ी नहर।

नहर में तैरते बच्चे।

आसपास हरी घास चरते मवेशी।

कितना सुंदर है उसका गाँव!

हर साल वे लोग गाँव जाते हैं।

गाँव में घुसने से पहले नहर में स्नान करने के बाद माँ पास के मंदिर में माथा टेकती है।

''ऐसा क्यों माँ?'' बच्चे हर बार एक ही सवाल पूछते हैं

''अपनी कुलदेवी का आशीर्वाद लेकर ही घर में प्रवेश करेंगे।'' माँ का कहना है, ''शहर में हमने झूठ-सच बहुत कुछ बोला है, बुरे-अच्छे बहुत से काम किए हैं। उन सबके लिए देवी माँ से क्षमा मांगते हुए अपने गाँव में प्रवेश करेंगे।''

हीरा के परिवार की देवी यानी काली मैया।

काली मैया तो सब जगह है, हीरा जानता है। 'तो माँ गाँव में प्रवेश करते हुए ही दर्शन क्यों करती है? वह हमेशा देवी माँ से क्यों नहीं डरती? वह झूठे-बुरे काम करती ही क्यों है? हमेशा सच्चे-अच्छे काम ही क्यों नहीं करती?' वह अक्सर सोचता है।

पर माँ झूठी नहीं है, यह भी सच है। माँ बुरे काम नहीं करती, यही अच्छा

है। वह कुलदेवी से डरती है, बस इतनी सी बात है।

यों भी दिल्ली से लौटना कोई बाहर से लौटना थोड़े ही है। यह तो अपने घर के एक हिस्से से दूसरे हिस्से में जाना है।

'भारत हमारा घर है। यहाँ रहने वाले सभी लोग एक-दूसरे के भाई-बहन हैं।' – हीरा इस बात को अच्छी तरह जानता है।

'हम सब भारत माता की संतान हैं!' वह इस बात को मन ही मन दोहराता रहता है।

पर...पर इस बार घर का एक हिस्सा दूसरे हिस्से से इतना दूर क्यों लगने लगा है?

इस बार भाई-बहन अपने भाई-बहनों की मदद क्यों नहीं कर रहे?

बीच-बीच में ट्रक चलते दिखाई देते हैं। ट्रक वाले पैदल चलते इन गरीब लोगों को मुफ्त में क्यों नहीं बैठा लेते?

यदि मजबूरी न होती, तो भला माँ इस तरह गाँव जाने के लिए निकलती? कोई ट्रक वाला जानता भी तो नहीं कि मोहन के खो जाने से माँ का बुरा हाल है।

और यह मोहन खो ही क्यों गया? क्या बड़े बच्चे भी खो जाते हैं?

हीरा ने थकी नज़रों से चारों ओर देखा।

नहर पीछे छूट गई थी। अब लाल बेरियों वाले पेड़ों की कतार दिख रही थी। सुबह की सुनहरी धूप में बेरियाँ चमक रही थीं। उसका मन उन फलों पर ललचा उठा।

माँ उसका भाव समझ गई। 'न!' उसने आँखों से घुड़का।

हीरा चलता रहा।

❑

सुबह का आठ बज रहा था।

इस समय बारिश नहीं थी। धूप खिली हुई थी। सरसों के खेतों में पीली सरसों के ऊपर बिखरी सुनहरी धूप!

लालकुआं पुलिस चौकी काफी पीछे छूट चुकी थी।

अब सड़क एक बस्ती से होकर जा रही थी। दुकानें बंद थे, पर घरों के

आस-पास इक्का-दुक्का लोग दिख रहे थे। सड़क पर फल-सब्जी के ठेले भी नज़र आ रहे थे।

'बादलपुर'-हीरा ने बोर्ड पर लिखा देखा।

"चलो, रुककर कुछ खा-पी लें।" पिताजी ने प्रस्ताव रखा।

बादलपुर में एक ठेले वाले से केले खरीदकर पिताजी ने सभी लोगों को दो-दो, तीन-तीन केले थमाए।

"लॉकडाउन में केले कहाँ ले जा रहे हो भैया?" अंकल ने पूछा।

"लॉकडाउन है, कोई व्रत थोड़े ही है! सभी लोग खा-पी रहे हैं। जरूरी चीजें बेचना मना नहीं है।" केले वाले ने घमंड दिखाते हुए कहा, "मास्क लगाना है और बार-बार हाथ सैनिटाइज़ करने हैं। बस इतना काफी है। पास में एक सुपर बाजार भी खुला है। लोग राशन खरीद रहे हैं।"

हीरा खिसिया गया। क्या अभी भी दुनिया सामान्य है? ठेले से फल खरीदना सामान्य दुनिया का ही तो लक्षण था। सुपर बाजार का खुला होना भी ठीक है। फिर हम क्यों सड़क पर भटक रहे हैं?

पास में एक पार्क दिख रहा था। बड़ा-सा पार्क खाली था। उसकी बेंचों पर कुछेक लोग सोते देख रहे थे।

हीरा-नंदू हाथ में केले थाम पार्क की ओर बढ़े, तो बड़े लोग भी उसी ओर चल दिए।

दोनों भाई एक खाली बेंच पर बैठ गये। बाकी सभी हरी घास पर बैठ गए।

केले फटाफट खत्म कर छिलके पास के डस्टबिन में डाल दिए।

पार्क के वॉशरूम को सभी ने इस्तेमाल किया।

इसके बाद अंकल ने पिताजी से रुपये मांगे, "भैया, कुछ रुपए चाहिए। मेरी जेब खाली है। सौ-दो सौ से काम चल जाएगा।"

पिताजी ने चुपचाप दो सौ का नोट दे दिया।

"अभी आता हूँ।" कहकर अंकल एक ओर चल दिए।

माँ और आंटी घास पर लेट गयी थीं।

"माँ, नींद आ रही है।" कहकर नंदू माँ की अटैची पर सिर रखकर लेट गया।

हीरा को नींद का अहसास नहीं हो रहा था, पर वह भी अटैची के सहारे लेट गया। घास के बावजूद पीठ में ठंड लग रही थी। वह अधजगा-सा अधमुंदी आँखों से देखता रहा।

पार्क में पानी से लबालब झील, झील किनारे बंधी पैडल बोट।

'अगर सब कुछ सामान्य होता, तो घूमने की बात ही और होती!' उसके मन में आ रहा था।

मैना के लिए मीठा वाला दूध और बिस्किट के बहुत सारे पैकेट लेकर अंकल लौट आये थे। उनके पास कुछ अच्छा भी था, जिसकी खुशबू चारों ओर फैल रही थी।

अंकल ने लिफाफा आंटी को थमाया, तो हीरा ने देखा कि लिफाफे में पैटीज़ थीं।

"कहाँ से लाए?" आंटी ने अंकल से पूछा।

"सड़क के मोड़ पर पेट्रोल पंप है। पेट्रोल पंप की दुकान पर बहुत सामान बिक रहा है।" अंकल ने बताया।

"लॉकडाउन का फायदा उठाकर कमाई कर रहे हैं।" माँ बड़बड़ाई।

"अरे नहीं भाभी, गरीबों की मदद हो रही है। ज्यादा महंगा नहीं है। पेट भरने का जरिया है। तुम भी खाओ।" अंकल बोले, तो माँ एक पैटी उठाकर खाने लगी।

हीरा दो बड़े-बड़े केले खा चुका था, उस भूख नहीं थी। उसने मैना के सिर को धीरे से छुआ और झट आँखें बंद कर लीं।

मैना मिनमिनाई। पर समझ नहीं सकी कि उसे किसने परेशान किया।

हीरा गहरी नींद में डूब चुका था।

कितना सोया, पता नहीं!

फिर माँ ने उसे जगाया, "दस बज चुके हैं। आराम बहुत हुआ। अब आगे चलना है। घनेरे बादल छा रहे हैं। पानी बरसने वाला है। बेहतर रहेगा, यदि हमें कोई गाड़ी मिल जाए। चलो, सड़क की ओर चलें।"

"माँ, नींद! सोना है।" हीरा बोला।

"माँ, पैर में दर्द! मुझे पैदल नहीं चलना।" नंदू बोला।

"उठो बेटा!" पिताजी दोनों बच्चों की ओर मीठे बिस्किट के पैकेट

और एक-एक पैटी बढ़ाते हुए बोले।

दोनों भाइयों ने पहले पैटी खत्म की, फिर पैकेट खोल बिस्किट खाने लगे।

❑

सातों लोग एक बार फिर बड़ी सड़क के किनारे कच्ची पगडंडी पर चलने लगे थे।

काले घने बादल चारों ओर फैल गए थे, मानो धरती को छूने नीचे उतर आए हों! यही खैर थी कि पानी नहीं बरस रहा था। मौसम ठंडा था, तो कदम भी तेजी से आगे बढ़ने लगे।

"बादलपुर में बादल!" नंदू ने गाना बनाया।

"बादल में पानी!" हीरा ने जोड़ा।

"पानी में भीगती," नंदू के शब्द थे।

"मैना महारानी!" हीरा ने मैना की हँसी उड़ाई।

मैना सोती रही। कुछ जान न पाई।

माँ ने हीरा ने कंधे पर धौल जमाई, "धत्! दुष्ट!"

अंजना आंटी हँसने लगी।

हीरा भी हँस दिया। उसने पूरी कविता फिर दोहराई –

"बादलपुर में बादल!
बादल में पानी!
पानी में भीगती,
मैना महारानी!"

दोनों भाई एक-दूसरे का हाथ पकड़ 'बादलपुर में बादल' वाला गाना गुनगुनाते हुए आगे बढ़ने लगे।

पर गाना भी कितनी देर गा सकते थे? कुछ बोलते हुए आगे बढ़ने से थकान ज्यादा लगने लगती है। हाथ पकड़कर चलने में मजा नहीं आ रहा था।

दोनों चुप हो गए और एक-दूसरे का हाथ छोड़ दिया।

नंदू माँ के पास पहुँच गया और हीरा ने पिताजी के संग चलना बेहतर समझा।

बड़ी सड़क पर ट्रक जाते दिख रहे थे। उनकी गति तेज थी। इतनी तेज कि डर लग रहा था। पास से निकलते, तो पैदल चलने वालों का हवा का तेज थपेड़ा लगता।

"क्या तुम्हें फुटपाथ पर पैदल चलते मानुष नज़र नहीं आ रहे? हमें मारोगे क्या?" दो-चार बार तो माँ ट्रक वालों पर चिल्लाई भी।

पर किसे फर्क पड़ना था? ट्रक अपनी राह चलते रहे और पैदल चलने वाले अपनी राह!

जल्द ही सड़क काफी चौड़ी हो गई, तो माँ का गुस्सा भी उतर गया।

काफी चलने पर भी गाड़ी-वाड़ी न मिलनी थी, न मिली।

एक बार फिर माँ का गुस्सा बढ़ा दिख रहा था।

हीरा को भूख लगी थी, पर खाना मांगने की हिम्मत न थी।

लंबी सड़क की लंबाई तो बढ़ती ही जा रही थी। और बेचारे पैदल चलने वाले चलते ही चले जा रहे थे। न सड़क खत्म हो रही थी, न पैदल चलना बंद।

कम से कम चार घंटे लगातार चले होंगे। जगह-जगह दादरी लिखा दिख रहा था, जिससे स्पष्ट था कि दादरी नामक जगह है यह।

दादरी पीछे छूट गया। कारवां आगे बढ़ता चला गया।

सुबह किया नाश्ता पता नहीं कहाँ पहुँच चुका था। हीरा का पेट उसकी पीठ से चिपक चुका था। उसे अपने स्कूल की याद आ रही थी। यदि इस समय स्कूल में होते तो? तो पक्का ही 'नून मील' में पेट भर दाल-चावल मिला होता! या सब्जी-रोटी! या पोहा, या उपमा!

'आज कौन-सा दिन है? आज क्या खाना मिलता स्कूल में?'

'पर अभी तो स्कूल बंद थे, कुछ भी नहीं मिलता।'

'घर पर होते तो?'

'तो माँ मक्के की गरम-गरम रोटी और सरसों का साग दे सकती थी।'

हीरा के मुँह में पानी आ रहा था। पर पानी कहाँ था मुँह में?

मुँह तो थकान और भूख से सूख चुका था।

माँ का चेहरा कठोर था और वह आगे बढ़ती जा रही थी।

'यदि मैंने रोटी मांगी तो? तो माँ जरूर डांट लगाएगी कि जब बैठे थे,

तब पेट भर कर क्यों नहीं खाया? जरा-सा चलते साथ हाथ क्यों फैला देता है?'

हीरा डर गया और अपनी भूख रोक आगे बढ़ता रहा।

उसने नंदू की तरफ देखा। नंदू ने भी बेजारी से मुँह बनाया। हीरा समझ गया कि नंदू को भी भूख लग रही है।

बादल आ चुके थे और फिर पानी की रिमझिम फुहार शुरू हो गई थी।

''इस मौसम को क्या हुआ है?'' माँ झुंझलाई, ''भला यह भी कोई समय है बरखा का? रास्ता चलना दुश्वार कर दिया है इन बूँदों ने। ऐसे में कोई कितना चल सकता है।''

''गाड़ी!'' इस बार अंजना आंटी बुदबुदाई, ''या कुछ देर कहीं रुक लें?''

''गाड़ी क्या मेरी जेब में है?'' अंकल ने आंटी को डांटा, ''चार कदम चलते ही 'रुक लें' की रट लगा रही है। इस तरह तो पहुँच ली अपने गाँव। अभी सिकंदराबाद भी नहीं पहुँचे हैं हम लोग।''

''न न, डांटो नहीं।'' माँ ने बीच-बचाव किया, ''बच्चा थामे चल रही है। थोड़ी देर तुम ही बच्चा उठा लो। जनानी से कितनी अपेक्षा रख रहे हो। पूरी रात तो चलते बीती है। ला अंजना, मैना मुझे थमा दे।''

माँ ने हाथ आगे बढ़ाए भर थे कि मैना मुँह बनाने लगी।

''इससे बेहतर है थोड़ा रुक लिया जाए। दोपहर के दो बज चुके हैं। सभी लोग थक गए हैं। बच्चे भी छोटे हैं। और... और... भूख भी लग रही है।'' अंकल की घड़ी में टाइम देख पिताजी बोले, तो हीरा-नंदू की जान में जान आई।

''कह तो ठीक रहे हो भैया।'' सुरेश अंकल बोले, ''अब कोई गाड़ी मिलेगी, तो ड्राइवर जो पैसा मांगेगा, दे देंगे। गाड़ी में बैठकर तो आगे बढ़ पाएंगे। इस तरह से गीली सड़क पर चलना मुझे कठिन लग रहा है।''

''हाँ, पानी से ही सारी परेशानी है। मैना गोदी में सो जाती है। पर बूँदें पड़ते ही जग जाती है।'' अंजना आंटी थोड़ी देर पहले पड़ी डांट भूल चुकी थीं।

''यों हम पैदल चल सकते थे,'' माँ ने जोड़ा, ''पर पानी की वजह से

गति धीमी हो रही है।''

''सही बात है।'' पिताजी ने भी हामी।

❑

बारिश-पानी के ऊपर सारी जिम्मेदारी डाल चारों बड़े लोग खुश हो गए और एक घने पेड़ के नीचे खड़े हो गए। चौड़ी सड़क के किनारे इस घने पेड़ के नीचे वर्षा की बूँदों से काफी बचाव था।

माँ ने अटैची रख दी और उसकी तरफ इशारा करते हुए कहा, ''हीरा, बैठ ले इस पर।''

जब तक हीरा उस पर बैठता, तब तक आंटी ने मैना को वहाँ बैठ दिया।

हीरा अपनी जगह खड़ा रहा। 'मैं तो बड़ा हूँ। खड़ा रह सकता हूँ। मैना को बैठने की जरूरत है।' उसने सोचा।

पर मैना भी खूब थी। अटैची पर बैठाते साथ बुक्का फाड़कर रोने लगी।

मजबूरन आंटी ने उसे फिर से गोदी उठा लिया और शिकायत भरी नज़रों से अंकल की ओर देखा।

अंकल ने मुँह फेर लिया।

हीरा को अंकल से चिढ़ हुई। एक छोटा-सा बैग कंधे पर लादे सुरेश अंकल पूरे रास्ते दोनों हाथ झुलाते आए थे। 'क्या इनकी जिम्मेदारी नहीं है कि अपनी बच्ची को गोद उठाएं?'

सोचना बेकार था। अंकल तो समूह के नेता थे। उन्होंने पेड़ के नीचे खड़े दो-चार लोगों से पता किया कि कहीं गलत रास्ता तो नहीं है।

''रास्ता यही है। लोग कह रहे हैं थोड़ी दूर पर एक रैनबसेरा है। वहाँ खाना-पीना मिल रहा है।'' एक पथिक ने बताया, ''मेरे साथी पहले ही वहाँ पहुँच चुके हैं। पानी रुकते ही मैं भी वही चला जाऊँगा। कम से कम कुछ खाने को तो पाऊँगा।''

अंकल ने बाकी लोगों की ओर प्रश्नसूचक दृष्टि से देखा, ''हम भी वहीं चलें? मेरी जेब खाली है। वहाँ खाना मिल जाएगा।''

''रैनबसेरा? रैनबसेरा यानी सरकारी विश्राम स्थल! जानते भी हो, वहाँ पहुँच गये, तो बाहर निकलने को नहीं मिलेगा। हमें उन लोगों से बचते हुए ही

तो आगे बढ़ना है। रैनबसेरे में ही ठहरना था, तो दिल्ली में रैनबसेरे कम थे क्या? खाना हमारे पास है तो!'' माँ तुरंत बोली।

''अरे हाँ, सच कहती हो भाभी।'' अंकल ने हामी भरी, ''चलो, कुछ खाने को निकालो।''

माँ जमीन पर बैठ गई, तो सभी लोग वहीं बैठ गए। यहाँ की पक्की सड़क बारिश से धुलने के बाद बहुत साफ हो गई थी। माँ ने पिताजी के हाथ से बैग लिया और उसमें से निकालकर सबको दो-दो रोटी थमा दीं।

रोटी के बीच में आम के अचार का टुकड़ा रख सभी ने खाना शुरू किया। अचार के तेल से तर रोटी अच्छी लग रही थी।

हीरा बुरी तरह भूखा था। अपनी रोटी चबाता सोचता रहा, 'घर पर माँ हमेशा रोटी के साथ सब्जी या चटनी या दही भी देती है। पर उसे खाने में भी नखरे करते हैं हम दोनों भाई। यहाँ तो अचार ही अच्छा लग रहा है। शायद ज्यादा भूखे होने पर खाना इसी तरह स्वादिष्ट लगता है।'

''अगर थोड़ी नमकीन मिल जाती, तो मजा आ जाता।'' अंकल बोले, तो हीरा भी ललचा गया। अंकल ने उसके मन की बात कही थी। रोटी के बीच में अचार और मिक्सचर लगा कर खाना उसका पुराना शौक था।

माँ बड़ी समझदार निकली। उसने झट से बैग के अंदर से एक लिफाफा निकाला, जिसमें नमकीन दालसेव भरे थे। अंकल ने मुट्ठी भर दालसेव अपनी रोटी में मिलाए और मिनट भर में खत्म कर दिए। दो रोटी और लेकर फिर से नमकीन तथा अचार के साथ खाने लगे।

'इतनी जल्दी खाएंगे, तो पैकेट अभी खाली हो जाएगा।' हीरा ने सोचा। पर सुरेश अंकल से बोलने की किसी की हिम्मत नहीं है, वह जानता था।

माँ ने हीरा को भी नमकीन सेव दिए।

''माँ, मुझे नमकीन नहीं, मीठा चाहिए।'' नंदू ने मिजाज दिखाए।

हीरा को पूरा यकीन था कि नंदू की डांट पड़ेगी। पर उसे विश्वास नहीं हुआ, जब माँ ने बैग के अंदर से निकालकर एक लड्डू नंदू को थमा दिया।

'लड्डू! माँ लड्डू कहाँ से लाई?' हीरा बुरी तरह ललचा गया। उसने मन में सोचा, 'क्या यह लड्डू सिर्फ नंदू के लिए है? मुझे नहीं मिलेगा?'

पर नहीं, माँ तो दोनों बच्चों को बराबर प्यार करती है। माँ ने एक लड्डू

हीरा की ओर भी बढ़ाया, ''ले, तू भी ले।''

अंजना आंटी ने अपना हाथ आगे बढ़ा दिया, ''लाओ जीजी, मैं भी मुँह मीठा कर लूँ।''

''अरी मीना, मिठाई कहाँ से लाई?'' पिताजी हैरान थे।

माँ मुस्करा दी, ''जब पगार लेने कॉलोनी में गई थी, तो पाँच नंबर वाली मैडमजी ने पूरा डिब्बा दे दिया। मैंने भी मना नहीं किया। सोचा, सफर में काम आ जाएगा।''

'मेरी माँ अन्नपूर्णा है।' हीरा को माँ के ऊपर गर्व हुआ।

❑

सुरेश अंकल भी बस

खा-पीकर उसी जगह लेट गए थे। बार-बार झपकी आ जाती थी। पर हल्की-फुल्की बूँदाबांदी की वजह से आँख खुल जाती थी। थकान शरीर पर इतना हावी हो रही थी कि हिलने की भी इच्छा नहीं थी।

बादलों की वजह से समय का अंदाजा नहीं हो रहा था।

हीरा ने अंकल की कलाई घड़ी में समय देखा।

शाम का चार बज चुका था।

"चलो अब आगे बढ़ा जाए!" पिताजी बोले, "यहाँ इस तरह पड़े रहेंगे, तो कोई गाड़ी कुचलती हुई आगे चली जाएगी।"

हीरा डर गया। उसकी नींद दूर भाग गई। सड़क के किनारे इस तरह से पड़े रहना असुरक्षित है, उसे एक पल में समझ में आ गया। वह उठकर बैठ गया।

"चाय मिल जाती, तो शरीर में जान आ जाती!" अंकल बुदबुदाए, "मौसम ऐसा है कि चाय-पकौड़ों की इच्छा हो रही है।"

"क्यों नहीं, साथ में समोसे और धनिया-मिर्ची की चटनी भी! चलो, किसी फाइव स्टार होटल चलें!" आंटी ने ताना कसा।

हीरा भौचक्का था। क्या अंकल कभी किसी होटल के अंदर गए होंगे? उसके मन में आया।

यों समोसे-कचौड़ी, पकौड़ी-पूड़ी सभी कुछ खाते हैं वे लोग! पूर्वी दिल्ली में कई अमीर लोग अक्सर भंडारा करते हैं और बड़ी-बड़ी डिस्पोज़ेबल तश्तरियों में एक से एक अच्छा खाना लोगों को खिलाते हैं। कहीं भंडारा हो रहा है, यह खबर हीरा की बस्ती में पहुँचते साथ सभी लोग अपना काम

छोड़कर उस जगह जाने लगते हैं। कई बार इतना अच्छा खाना मिलता है कि माँ लाइन में बार-बार लगकर थाली लेती रहती है। सारा सामान अलग-अलग बर्तनों में जमा कर लेती है, जो अगले दिन तक उनके घर में चलता है। हाँ, भंडारा करने वाले को दुआ भी बहुत देती है माँ।

पर होटल? उसकी सीधी-सादी माँ ने कभी देखा तक नहीं है कि फाइव स्टार होटल कैसा होता है।

"होटल बंद, जेब खाली! खुश हो जाओ, बजाओ ताली!" माँ ने हँसते हुए कहा, "अभी दोपहर का खाना पेट में पचा भी नहीं है। चलो जल्दी उठो, हो सकता है कोई गाड़ी मिल जाए!"

"मुझे तो भूख लग रही है।" अंकल बोले।

"लो, लड्डू खा लो।" कहते हुए माँ ने अंकल और आंटी के हाथ में एक-एक लड्डू रख दिया।

"गाँव पहुँचने के बाद मैं भरपेट कचौड़ी-पूरी खाऊँगा। अच्छा खाना खाए अरसा बीत गया।" लड्डू खत्म करने के बाद अंकल ललचाई आवाज़ में बोले, "मुझे अच्छा खाना खाने का बहुत मन कर रहा है।"

'क्या मेरी माँ के लाए रोटी-अचार-दालमोठ-लड्डू अच्छे नहीं हैं? पिताजी के पैसों से खरीदी पैटीज़ भी तो बहुत टेस्टी थीं।' हीरा के मन में मलाल हुआ, 'अंकल कितने एहसानफरामोश हैं!'

वह सोच ही रहा था कि एक अजीब सी घटना घटी।

थोड़ी दूर पर एक ट्रक रुका। अंकल भागते हुए उसके पास गये और झारखंड जाने के लिए बात करने लगे। ट्रक ड्राइवर ऊँची आवाज़ में बोला, "हर सवारी का तीन-तीन हजार!"

"तीन हजार! मजाक है क्या? दिल्ली में ट्रक वाले दो हजार मांग रहे थे। तब से हम लोग बहुत दूर चल चुके हैं, तो क्या तीन हजार देंगे?" अंकल चिड़चिड़ा उठे।

ट्रक वाला हँसने लगा, "कोई सौदेबाजी है क्या? जो मेरा मन, वही किराया लूँगा। तीन-तीन हजार हर सवारी का। ज्यादा बोलोगे, तो चार हजार हो जाएगा। आ जाओ, तीन हजार प्रति सवारी भाव से चले चलो।"

"नहीं बैठना।" अंकल ने चिढ़े स्वर में कहा और दूर जाकर खड़े हो

गए।

ट्रक वाला हँसता हुआ बोला, "मुझे कोई चिंता नहीं। मुझे दूसरी सवारी मिल जाएगी। परेशानी तुम्हें होगी भैया। गाड़ियों की बहुत कमी है। ट्रक वाला जो पैसा मांगे, वही दे दो, तो घर पहुँच जाओगे। नहीं तो यों ही सड़क पर..." और उसने हाथ से पैदल चलने का इशारा किया।

अंकल ने कोई उत्तर नहीं दिया।

अपना ट्रक स्टार्ट कर ट्रक वाला आगे चला गया।

अब तक पिताजी भी खड़े हो चुके थे। दूर से आती एक मेटाडोर दिखी। उन्होंने रोकने के लिए हाथ हिलाया।

मेटाडोर पास आकर रुकी। उसके अंदर से एक आदमी ने चिल्लाना शुरू किया, "झारखंड, रांची! झारखंड, रांची!"

पिताजी के मुँह से निकला, "भाई, हमें उसी तरफ जाना है।"

"हम रांची जरूरी सामान लेकर जा रहे हैं। तीन-चार सवारियों की जगह है। दो-दो हजार किराया भरो और आ जाओ।"

"तीन-चार सवारी? हम तो सात लोग हैं। तीन बच्चे और चार बड़े।" पिताजी बोले।

"इतने नहीं आ सकते। दो बड़े और दो बच्चे चल सकते हैं।" मेटाडोर वाले ने कहा, "चार लोग बैठ जाओ। बाकी बाद में दूसरी गाड़ी से आ जाएँगे।"

"नहीं, ऐसे नहीं, हम एक साथ चलेंगे। हमें कोई दूसरी गाड़ी मिल जाएगी। तब तक हम पैदल ही आगे बढ़ रहे हैं। है न, सुरेश?" पिताजी ने सहमति के लिए सुरेश अंकल की ओर देखा।

पर सुरेश अंकल ने पिताजी की बात का कोई उत्तर नहीं दिया। वह आगे बढ़कर मेटाडोर वाले से कहने लगे, "दो हजार हर सवारी का? हम तीन हैं। मैं, मेरी पत्नी और मेरी बेटी। हम तुम्हारी गाड़ी में चल रहे हैं।"

"सुरेश, हम लोग एक साथ चलेंगे न..." कहते-कहते पिताजी चुप हो गए।

सुरेश अंकल अपनी जेब से दो गुलाबी नोट निकालकर मेटाडोर के ड्राइवर के हाथ थमा रहे थे।

हीरा पहचान गया। दो हजार वाले दो नोट!

अंजना आंटी मैना को लेकर अंकल के पास पहुँच चुकी थीं।

"बच्चे का किराया?" मेटाडोर वाले ने सवाल किया।

"भाई, गोद के बच्चे का किराया छोड़ दो।" आंटी बोलीं।

"चलो, पाँच सौ दे दो। भले गोद का है, पर बच्चा साथ तो जाएगा।"

"लो!" अंकल ने झट नोट निकाल दिया।

मेटाडोर वाले ने इशारा किया, तो अंकल ने गाड़ी के पीछे वाले दरवाजे से मैना और आंटी को ऊपर चढ़ा दिया। फिर पीठ पर बैग लटकाए-लटकाए खुद भी चढ़ गए।

"मिलते हैं शंकर भैया!" अंकल पिताजी से बोले।

मेटाडोर वाले ने पीछे से गाड़ी का दरवाजा बंद कर दिया और आगे जाकर गाड़ी पर चढ़ गया।

गाड़ी पल भर में स्टार्ट हुई और आगे बढ़ गई।

माँ, पिताजी, नंदू, हीरा बुग्ग-से देख रहे थे।

उनकी आँखों के सामने से वह गाड़ी दूर होती हुई बिंदु बनी। और अंत में नज़र आनी बंद हो गई।

माँ धम्म से जमीन पर बैठ गई। पिताजी उसके पास उकडूं बैठ गए।

हीरा सकते में था। वह मन ही मन हिसाब जोड़ने लगा, 'दो हजार पिताजी के, दो हजार माँ के, दो नंदू के, दो मेरे। क्या आठ हजार पिताजी के पास होंगे? शायद हाँ! शायद नहीं! पर सुरेश अंकल के पास इतने पैसे कहाँ से आए? पूरे रास्ते तो पैसे न होने का रोना रो रहे थे। और करारे नोट जैकेट की जेब छिपाकर रखे हुए थे!'

उसने माँ की ओर देखा। माँ के चेहरे पर निराशा थी।

"मैं ज्यादा पैसा नहीं दे सकती। मैं पैदल चल लूँगी। हमें बेटी की शादी के लिए पैसा बचाना है।" वह धीमी आवाज़ में बोली। "पर... यह सुरेश... इस तरह... हमें अकेला छोड़..."

"हाँ, मैं भी कुछ नहीं समझ पा रहा। अभी तो हमारे संग खाना खा रहा था। अभी हमें छोड़..."

"सच कहूँ, मैं इन्हीं के भरोसे घर से निकली थी।" माँ बहुत निराश थी,

"इससे तो हम ही बैठ जाते। मेटाडोर वाले ने पहले आपसे बात की थी। वह हम लोगों को ही बैठा रहा था। हम आठ हजार दे सकते थे।"

"जाने दे। अब मलाल करने से क्या? मैं नहीं सोच सकता था कि भाई होने का दम भरने वाला यह सुरेश इतना स्वार्थी निकलेगा।"

हीरा को दुःख हुआ। डर भी लगा। 'क्या हम कभी गाँव नहीं जा पाएंगे? हे काली मैया, दया करो।'

अचानक उसके मुँह से निकला, "माँ, गाँव पहुँचकर हम लोग मंदिर में काली माता का दर्शन करेंगे न?"

माँ उसकी ओर देखती रही।

माँ की एक आँख की ज्योति बहुत कम है। वह सिर्फ एक आँख से देखती है। इस समय कम ज्योति वाली आँख तो बुझी दिख ही रही थी, दूसरी आँख भी बदरंग नज़र आ रही थी।

हीरा को सुरेश अंकल से एक बार फिर नफरत हुई।

"माँ, हम सुरेश अंकल के भरोसे नहीं, बल्कि भगवान के भरोसे सड़क पर निकले हैं। हौसला रखो।" अचानक नंदू बोला, तो हीरा को अच्छा लगा। उसका भाई उसकी तरह ही सोच रहा था।

"हां।" माँ अचानक जैसे होश में आई, "मेरे चंदा, मेरे सूरज, हम लोग सकुशल हैं, यही बहुत खुशी की बात है। अच्छा हुआ जो सुरेश, अंजना, मैना गाड़ी से चले गए। मैना को गोद में लेकर चलने में अंजना को दिक्कत हो रही थी। पर हम लोग तो स्वस्थ हैं न!" वह मुस्कराई, "हम पैदल चलेंगे। या...या कम पैसों में कोई गाड़ी मिली, तो उसी से चलेंगे।"

❑

एक बार फिर चल दिए।

इस बार सात की जगह चार लोग थे।

वही सड़क थी, वही भीड़ थी। वही धूप थी, वही बारिश थी। और थकान भी वही थी। क्योंकि पिछली रात का चला हुआ शरीर इस शाम तक थकने लगा था।

ऐसा लगने लगा था कि न जाने कब से चलते जा रहे हैं।

सुरेश अंकल लोग साथ थे, तो सफर में मन लग रहा था। पर अब बहुत ऊब और थकान लग रही थी।

'क्या हम जिंदगी भर यों ही चलते रहेंगे।' हीरा के मन में उठा।

'सड़क कितनी लंबी होती है? क्या इसका पहला सिरा किसी ने देखा है? और आखिरी सिरा?' उसके मन में सवाल था।

'यदि मुझे सड़क के एक सिरे से आखिरी सिरे तक चलना पड़े तो?' उसने सोचा।

"न बाबा न। मैं थक जाऊँगा। मैं तो कभी पैदल नहीं जाऊँगा।" डर से सिहरते हुए वह बुदबुदाया।

पर उसे चलना पड़ रहा था। सभी चल रहे थे। चलते चले जा रहे थे। रास्ता खत्म नहीं हो रहा था मानो।

कभी बड़ी सड़क, कभी छोटी सड़क। कभी कच्ची सड़क, कभी पक्की सड़क।

दुबली-पतली माँ सीधी-सतर तेज चाल से लगभग भागती जा रही थी। उसके शरीर पर किसी अमीर आंटी के दिए हुए पुराने कपड़े थे। पैरों में रबड़ की पुरानी-धुरानी चप्पलें, जो कई बार टूटने के बाद मोची से दो-दो, चार-चार रुपए में सिलवाई जा चुकी थीं।

ऐसा नहीं कि कोठी वाली आंटियाँ माँ को नए कपड़े नहीं देतीं। पर माँ हर कपड़े को काजल दीदी के नाम पर रख लेती है। 'काजल के काम आ जाएगा!' यह तो माँ का तकिया कलाम-सा हो चुका है।

और उसी काजल के मोह में बंधी माँ इस समय सड़क पर दौड़ती चली जा रही थी।

माँ का दिल दुःखी है, वह उदास है, यह दिख रहा था। उसकी तेज चाल सुरेश अंकल की चालबाजी के प्रति अपना विरोध व्यक्त कर रही थी। माँ की तेज चाल कह रही थी, "यदि तुम गाड़ी से जूनी गाँव पहुँचोगे सुरेश, तो हम पैदल दौड़ते हुए भी अपने गाँव पहुँच जाएँगे। पर हम धोखेबाज नहीं हैं। हम विश्वासघाती नहीं हैं।"

माँ चुप थी। उसकी चुप्पी हीरा को डरा रही थी।

रात का अंधेरा!

सड़क पर आगे बढ़ती भीड़।

हीरा को अपने पुराने सफर याद आने लगे। उसने अपने परिवार के साथ हमेशा ट्रेन से सफर किया है। ट्रेन में रिजर्वेशन करवा दिल्ली आना या दिल्ली से गाँव लौटना कितना आनंददायक होता था। एक के बाद एक स्टेशन पर ट्रेन रुकती। कभी फेरीवाले, कभी सफाई वाले ट्रेन में प्रविष्ट होते रहते।

चना जोर गरम, गरम समोसा, समोसा-मठरी, मठरी-चाय, चाय-बिस्किट, बिस्किट-केक, केक-कॉफी। कॉफी-कॉफी! कॉफी-कॉफी!

सामान बेचने वालों की आवाज़ें हीरा के दिमाग में घूमने लगीं।

सफर में जब इस तरह के लोग ट्रेन के अंदर प्रविष्ट होते थे, तो वह उम्मीद भरी नज़रों से माँ की ओर देखता था। माँ हर बार बटुए से दस-बीस रुपये निकाल उसे बिस्किट-कॉफी-टॉफी कुछ न कुछ जरूर दिलवा देती थी।

और अब?

अब इस सुनसान सड़क पर जंगली झाड़ियों, जहरीली बेरियों के सिवा कुछ था भी तो नहीं।

कुछ मीठा मिल जाए, तो... तो सफर अच्छा कटे! लड्डू! हाँ, पिताजी के बैग में लड्डू बचे होंगे!

उसने माँ की ओर देखा।

अपनी अटैची खींचती माँ कठोर मुँह बनाए आगे बढ़ती रही।

"माँ!" हीरा ने पुकारा।

"चलता रह, चलता रह। जल्दी घर पहुँचेंगे। देखें, मोहन कहाँ चला गया!"

हीरा का मुँह उतर गया। 'फिर मोहन! माँ थोड़ी देर के लिए मोहन को भूल क्यों नहीं जाती?'

पर भला हो पिताजी का, जिन्हें मोहन और काजल के अलावा और भी बहुत सी चीजें पता थीं।

और भी बहुत सी चीजें जैसे भूख-प्यास, नित्यकर्म से निवृत्त होना।

"अरी भागवान, बुलंदशहर निकल चुका है। बच्चे भूखे-प्यासे हैं। रोटी तो खिला दे इन्हें।" पिताजी ने पुकारा, तो माँ को रुकना पड़ा।

पास में पेट्रोल पंप दिख रहा था। जन सुविधाएँ यानी वॉशरूम भी उपलब्ध था।

एक बार रुके, तो खा-पीकर वहीं सड़क किनारे फुटपाथ पर लुढ़क गये।

नंदू ने अटैची का सिरहाना बनाया।

पिताजी पेड़ का सहारा ले खर्राटे भरने लगे।

हीरा ने माँ की ओर हाथ बढ़ाए। पेड़ के सहारे बैठी माँ ने उसका सिर अपनी गोद में रख लिया। मोटी सी शॉल में माँ-बेटा दोनों सोते रहे।

❑

सफर में भाईचारा

बड़ी-बड़ी लंबी-चौड़ी सड़कें अपनी-सी लगने लगी थीं।

रात भर चलना। दिन भर चलना।

सूखे मौसम में चलना, बारिश-पानी में चलना।

माँ बहुत जल्दी में थी। खाना खाने को जरा देर को रुकती। सभी थोड़ा आराम करते। माँ फिर चल देती, तो सभी उसके साथ चल देते।

चलना। चलना। और चलना।

और नींद? नींद तो कहीं उड़ गई थी। अब बार-बार सोने का मन नहीं कर रहा था। जहाँ बहुत ज्यादा थक जाते, वहीं लेट लेते। चिंता होती, तो उठकर चल देते।

'क्या ज्यादा थकान से नींद आनी बंद हो जाती है?' हीरा के मन में फिर से एक सवाल उठा। पर किसी से पूछ नहीं सकता था।

घर से निकले तीन रातें बीत चुकी थीं। तीसरा दिन भी बीत रहा था।

फिर एक चौराहा पड़ा। बड़ा-सा चौराहा।

चार दिशाओं से आकर चार सड़कें एक हो रही थीं, जहाँ चारों दिशाओं से आए मजदूर इधर से उधर जा रहे थे।

दक्षिण से आए मजदूर उत्तर, पूर्व या पश्चिम की ओर बढ़ रहे थे।

उत्तर से आए मजदूर पूर्व, पश्चिम या दक्षिण की ओर।

पूर्व से आए पश्चिम, उत्तर या दक्षिण की ओर।

पश्चिम से आए पूर्व, उत्तर या दक्षिण की ओर।

कुल मिलाकर चौराहे पर बहुत भीड़ थी। लेकिन सभी अपरिचित व्यक्ति! सभी एक-दूसरे से कतरा रहे थे। सभी को कोरोना का भय था और

सभी को अपने घर जाने की इच्छा।

पुलिस उपस्थित थी। लेकिन वह इस भीड़ के आगे बेबस थी। भला अपने घर से पैदल निकले हुए मजदूरों को पुलिस क्या कहती? सिवा यह समझाने के – 'सोशल डिस्टेंसिंग बनाए रखो। अपने को सुरक्षित रखो। हाथ धोते रहो। मास्क लगाए रहो। सावधानी से चलो।'

"अब तो थोड़ा ठहर ले, मीना।" पिताजी ने जोर देकर कहा, "कुछ खा-पी लेते हैं। थोड़ा सो लेते हैं। बच्चों का मुँह देख, कैसा सूख रहा है। इन्हें आराम की जरूरत है। एटा लगभग आ चुका है।"

माँ ठिठक गई।

पुलिस से दूर एक साफ-सुथरी सही जगह देख चारों बैठ गए।

इस बार खाने का बैग खुला, तो अच्छा नहीं लगा।

रोटियाँ खराब हो चुकी थीं, फेंकनी पड़ीं। बचे-खुचे नमकीन-मिठाई को चारों लोगों ने मिल-बांटकर खाया, पर सबके चेहरे से देख रहा था कि पेट नहीं भरा है।

"ज्यादा टिकने वाला सामान लेकर चलना चाहिए था।" पिताजी बोले।

"मेरे पास यह है।" कहकर माँ ने उसी बैग से एक लिफाफा निकाला। लिफाफे में टोस्ट और मठरी रखे हुए थे।

बाकी तीनों के चेहरे खिल उठे।

"तेरे पास तो बहुत सामान था, इसे पहले क्यों नहीं निकाला?" पिताजी रीझकर बोले।

"पहले निकालती, तो सुरेश इसे भी खत्म कर देता!" माँ ने चिढ़कर कहा।

"सही कहती है। अच्छा किया, नहीं निकाला।" कहकर पिताजी ने दोनों बच्चों को दो-दो टोस्ट खाने को दिए। माँ और पिताजी ने भी हाथ में दो-दो टोस्ट ले लिए और कुतरना शुरू किया।

खाते हुए चारों लोग इधर-उधर देख रहे थे। दूर तक खाली पड़े खेत अजीब लग रहे थे और सड़क पैदल चलने वालों से भरी थी।

इतने में दूर से आता एक लड़का दिखा। यों सड़क पर बहुत लोग थे, तो उसका दिखना कुछ खास नहीं था। पर खास यह था कि उसने अपनी गोद में

किसी को उठा रखा था। किसी बच्चे को नहीं, बल्कि एक बुजुर्ग महिला को।

बुजुर्ग महिला को लादे हुए वह लड़का इन लोगों के पास आया और हांफता हुआ रुक गया। गोद की महिला को उसने नीचे जमीन पर बैठा दिया और खुद भी पास में बैठ गया।

"दीदी, थोड़ा पानी मिलेगा?" उसने हीरा की माँ से पूछा।

उस लड़के को देखती माँ चौंक उठी।

"हाँ, हाँ, पानी है। साफ है। हम लोगों ने दूसरी बोतल से पिया है।" कहकर उसने साफ बोतल आगे बढ़ा दी।

"बहुत-बहुत धन्यवाद दीदी।" इतना कहकर लड़के ने बोतल थाम ली। पहले उस अम्मा को पानी पिलाया, उसके बाद खुद पीना शुरू किया।

माँ अचानक होश में आई, "ठहरो, ठहरो, खाली पेट पानी मत पियो। कुछ खा लो।"

"मेरे पास रोटी नहीं है दीदी। हम मुरादाबाद से पैदल आ रहे हैं। अभी आधा रास्ता हुआ है। झांसी तक जाना है।" लड़का बोला।

"पर क्यों? माताजी इतनी बुजुर्ग हैं। तुम्हें इन्हें लेकर सड़क पर आने की क्या जरूरत थी?" माँ से रहा न गया, तो वह बोल पड़ी।

"दीदी, आज हम सभी का एक-सा हाल है। सभी को अपना घर याद आ रहा है। रोजगार का कोई ठिकाना नहीं है, सब अपने घर की ओर भाग रहे हैं। मेरी अम्मा भी कोरोनावायरस से डर गई, तो इसने भी घर लौटना बेहतर समझा। कोई साधन नहीं था। मैं गोद में लेकर ही चल दिया। वैसे अम्मा का वजन बहुत कम है। मुझे दिक्कत नहीं होती।"

"गाड़ी क्यों नहीं कर लेते? एक-दो हजार में मिल जाएगी। ज्यादा दूरी नहीं है।"

"जानता हूँ।" लड़का थोड़ा मायूस हुआ, "मेरे पास पैसा नहीं है। जो भी कमाता हूँ, माँ की बीमारी में लग जाता है। हमेशा सरकारी अस्पताल में दिखाता हूँ। दवा भी मुफ्त में पाता हूँ। पर जैसे ही कोरोनावायरस का डर फैला, मैंने अपने सारे पैसों से माँ की दवाई खरीद ली। देखो!" कहते हुए लड़के ने अपने झोले से निकालकर दवाई दिखाई।

''माँ जी को क्या तकलीफ है?''

''पैर खराब है। डॉक्टर ने कहा है लगातार दवाई चलती रहेगी, तो शायद दो-चार महीने में लाठी के सहारे चलना शुरू कर देंगी। इसी उम्मीद पर हम लोग दवा-दारू कर रहे हैं। सरकारी अस्पताल में फीस बच जाती है। वहाँ दवाई भी मुफ्त मिल जाती है।''

माँ सोच में पड़ गई।

इतने में एक ट्रक सामने से निकला।

जमीन पर बैठे लोगों को देख ट्रक वाले ने ट्रक रोक लिया।

''कहाँ जाते हो भैया?'' माँ ने पूछा।

''मुंबई। दवाइयाँ ले जा रहा हूँ। चलना है किसी को उस तरफ?''

''दो सवारी झांसी पहुँचाओगे?'' माँ ने पूछा, ''कितना पैसा लोगे?''

''झांसी जाना है! दो लोगों का दो हजार लगेगा।'' ट्रक वाले ने कहा।

''कुछ कम नहीं करोगे? देखो, माताजी के पैर खराब हैं। भैया, आपकी गाड़ी तो वैसे भी उस तरफ जा रही है। पाँच-छह घंटे में पहुँचा दोगे। वहाँ से और सवारी ले लेना। कुछ दया-धर्म दिखाओ न!''

''कम क्या? हजार रुपए दे देना? हजार में दोनों को ले जाएँगे।''

''दीदी, मेरे पास पैसा नहीं है। कसम से।'' लड़के ने कहा।

माँ ने लड़के की ओर ध्यान न दिया। ड्राइवर से बात करती रही।

''ड्राइवर भैया, मैं इन दोनों को नहीं जानती। पर माताजी की खातिर पैसा देने को तैयार हूँ। मैं बहुत गरीब हूँ। आप थोड़ा पैसा और छोड़ दो, भगवान आपका भला करेगा।''

ट्रक वाला सीधा था, मान गया। ''ठीक है कुल पाँच सौ दे दो दोनों के।''

''यह लो।'' कहते हुए माँ ने अपना बटुआ खोल पाँच सौ का नोट ड्राइवर के हाथ थमा दिया और लड़के से कहा, ''भैया, माँ के साथ ट्रक पर बैठ जाओ।''

''नहीं, नहीं दीदी, मुझे जरूरत नहीं है।'' लड़का हैरान रह गया।

''हम पैदल चल लेंगे बिटिया।'' अम्मा ने भी कहा।

''यदि मुझे बहन समझते हो, तो चुपचाप माँ को लेकर इस पर सवार हो

जाओ। और यह लो पाँच सौ रुपये मेरी तरफ से माँ की दवाई में लगा देना।'' कहते हुए माँ ने पाँच सौ का एक नोट उस लड़के के हाथों में थमा दिया।

हीरा हैरान था। माँ यह क्या कर रही है? माँ के पास एक-एक पैसे की तंगी है। एक-एक पैसा बचाने के लिए खुद पैदल चल रही है और इन अपरिचितों के लिए अपना पैसा खर्च कर रही है। पिताजी और नंदू चुप थे। वह भी चुप रहा।

तनिक आना-कानी कर उस लड़के ने वह नोट थाम लिया और माँ के पैर छू अपनी अम्मा को गोदी में उठा ट्रक पर बैठा दिया। खुद भी ट्रक पर चढ़ गया। उनके बैठते ही ट्रक वाले ने ट्रक स्टार्ट किया और एक दिशा में आगे बढ़ गया।

जब ट्रक आँखों से ओझल हो गया, तब माँ हँसने लगी।

''क्या हुआ?'' पिताजी ने पूछा, ''तू क्या कर रही है मीना? मुझे कुछ समझ नहीं आ रहा।''

''समझोगे भी नहीं। उस बदमाश सुरेश की हरकत से मेरे दिल को जो चोट लगी थी, उस पर मरहम लगा ली मैंने।''

''क्या मतलब?''

''रुपया-पैसा इसलिए नहीं होता कि हम मतलबी बनकर अपने ऊपर खर्च करें, बल्कि इसलिए होता है कि जहाँ जरूरत हो, वहाँ खर्चा किया जाए। मुझे अफसोस है कि सुरेश ने इंतजार नहीं किया और स्वार्थी होकर अंजना-मैना को ले आगे बढ़ गया। हमें भी गाड़ी मिल जाएगी, मैं जानती हूँ। लेकिन इस वक्त इस लड़के की मदद करके मुझे जो सुख मिल रहा है, मैं तुम्हें बता नहीं सकती।''

''पर हजार रुपये यों ही दे दिए! तू तो काजल की शादी के लिए एक-एक पैसा बचा रही थी।''

''हाँ, बचा रही थी। आगे भी बचाऊँगी। पर ये रुपए मैंने अपनी इच्छा से खर्च किए हैं। उनकी मदद करके मुझे जो सुख मिला है, बता नहीं सकती। घर-घर झाड़ू-पोंछा करके मैं पैसा कमाती हूँ। एक हजार रुपये तो एक महीने में एक घर के बर्तन मांजने से ही कमा लूँगी। यही मानकर चलो कि मैंने एक घर ज्यादा काम किया।''

"मीना, हम तो खुद ही गरीब हैं। तूने पैसे दिए, मैं इसके लिए तुझे कुछ नहीं कह रहा। पर मैं समझ नहीं पाया कि तूने अनजान लड़के के लिए अपने रुपए क्यों निकाल दिए? वे रुपए हम अपने झारखंड जाने में खर्च कर सकते थे न!"

"हाँ, कर सकते थे। लेकिन अभी हमारे पैर ठीक हैं। हम चल सकते हैं। यदि कभी मेरे हाथ-पैर खराब हो जाएँ, तो क्या हीरा और नंदू मुझे सड़क पर फेंककर आगे बढ़ जाएँगे। नहीं, शायद वे भी मुझे इसी तरह गोदी में लेकर चलेंगे। तब कोई इनकी मदद करेगा, तो हमें सुख मिलेगा।"

"ठीक कहती है।" पिताजी ने हामी भरी, "मैंने इस तरह से नहीं सोचा था।"

"और एक बात, मुझे पता है शरीर की लाचारी क्या होती है। मेरी एक आँख खराब है, तो मुझे दुनिया देखने में परेशानी होती है। इसी तरह से जिस अम्मा के पैर ठीक नहीं, उसे चलने में कितनी तकलीफ होती होगी, यही सोच मैंने उनकी दवाई के लिए कुछ पैसा दे दिया।"

"माफ कर दे भागवान, मैंने गलती की, जो तुझसे इतना पूछा।" पिताजी ने सच में हाथ जोड़ दिए, "तू बहुत सोचती है। हम इतना नहीं सोच पाते।"

"सच बताऊँ, मुझे वह लड़का अपने मोहन जैसा दिखा, नंदू-हीरा जैसा दिखा। उस लड़के को जो सहारा मिला, उसके लिए कहीं न कहीं भगवान हमारी मदद करेगा।"

"सही बात है। वह लड़का हमारे बच्चों जैसा ही था। चलो, अब हम भी आगे बढ़ें, बहुत देर हो गई है।" पिताजी बोले।

माँ उठी और अपनी अटैची खींचती हुई आगे बढ़ने लगी। यह सड़क झारखंड की ओर जा रही थी। बैग कंधे पर उठा पिताजी उसके पीछे चल दिए, तो हीरा और नंदू भी एक-दूसरे का हाथ पकड़ आगे बढ़ने लगे।

चलते-चलते हीरा की निगाह एक अंकल पर पड़ी, जो साइकिल लेकर पास से निकल रहे थे। उसे यह देखकर हँसी आने लगी कि साइकिल होते हुए भी अंकल पैदल चल रहे हैं और साइकिल को दोनों हाथों से आगे खींच रहे हैं।

हीरा को हँसता देख अंकल भी हँसने लगे, "बेटा, लॉकडाउन में मेरी

साइकिल नखरे कर रही है। रास्ते में पंचर हो गई है। एटा में घर है। लॉकडाउन से पहले अपनी बहन के घर अलीगढ़ गया था। जब देखा कि घर लौटने का हर जरिया बंद है, तो मैं साइकिल लेकर ही एटा के लिए निकल पड़ा। अब तो बस घर पहुँचने वाला हूँ।''

''एटा में रहते हो भैया?'' पिताजी भी बात में शामिल हो गए।

''हाँ। साइकिल के ऊपर बक्सा बाँधकर सड़कों पर चना-मुरमुरा बेचता हूँ। दिन भर साइकिल चलाने की आदत है। तुम लोग कहाँ जा रहे हो, यों पैदल-पैदल?'' अंकल ने पूछा।

''पैदल कहाँ जाना चाह रहे थे!'' माँ बोली, ''झारखंड में घर है। सोचा था कोई गाड़ी मिल जाएगी। मिली ही नहीं।''

''गाड़ियाँ कहाँ है? किसी ट्रक-ट्रेलर-ट्रॉली में लिफ्ट ले लो।''

''अरे भैया, न जाने कितनों से पूछ चुके हैं। आठ-दस हजार से नीचे कोई बात ही नहीं कर रहा। हमारे पास इतने रुपए कहाँ हैं?'' पिताजी ने सच बता दिया।

''जो है, वही दे दो। बच्चा-लोग की हालत देखो। कैसा मुँह सूख गया है।'' नंदू-हीरा की तरफ देखते हुए अंकल बोले, ''पैसे का मुँह मत देखो। जान है तो जहान है। कोरोना से बचना है, तो घर जल्दी पहुँचो। सुनते हैं, बड़ा घातक है।''

''हैं!'' पिताजी सहम गए थे।

''हाँ भाई, छूने से फैलता है, बात करने से फैलता है। क्या पता देखने से भी फैल जाता हो!'' बात करते-करते अंकल को वायरस की याद आई, तो वह अपनी साइकिल तेजी से बढ़ाते हुए इन लोगों से दूर चलने लगे।

दूर चलते हुए भी अंकल बातें करते जा रहे थे, ''अभी तो अपने गाँव पहुँचकर भुगतना होगा। सुन रहे हैं कि गाँव वाले बाहर से आने वालों को अंदर नहीं घुसने दे रहे। कई जगह तो मार-पीट भी हो गयी है।''

''पर क्यों? हम लोगों ने क्या किया? यह महामारी तो विदेश से आई है। हम चीन थोड़े ही गए थे।'' पिताजी तुरंत बोले।

''पर तुम महानगर में रहे हो। क्या पता किसी ऐसे मनुष्य के संपर्क में आए हो, जो पहले से संक्रमित हो। जब तक लक्षण उभरेंगे, तब तक तुम

औरों को भी संक्रमित कर चुके होगे। इसलिए बेहतर है कि अपने गाँव पहुँचकर कुछ दिन औरों से दूर रहना।''

''हैं!'' पिताजी फिर से भौचक्के थे, ''अब क्या होगा?''

''होगा क्या? सड़क पर थोड़े ही रहोगे। घर तो जाना ही है। पहले गाँव पहुँचो, फिर सोचना! आगे पेट्रोल पंप है। वहाँ ईंधन लेने के लिए कई गाड़ियाँ आती हैं। वहीं से कोई गाड़ी पकड़ लेना।'' इतना कह अंकल तेजी से आगे बढ़ते चले गए।

''जी भैया, धन्यवाद।'' पिताजी ने अपना मास्क मुँह पर ठीक से लगाते हुए कहा।

अंकल की बातों से माँ और पिताजी डर गए थे।

''सड़क पर संक्रमण का खतरा है। बेहतर रहेगा कि अपने बचे-खुचे पैसों को किराए में लगा दिया जाए।'' पिताजी गंभीरता से बोले।

''यदि हम जल्दी गाँव पहुँच गए, तो हम मोहन की तलाश जल्दी शुरू कर सकते हैं। यहाँ इस तरह सड़क पर समय बर्बाद करके क्या होगा? यह भी पता चले कि हमें गाँव में घुसने दिया जाएगा या नहीं! अब जैसे ही झारखंड की गाड़ी मिले, कर लेना। किराए की परवाह मत करना।'' माँ ने हामी भरी।

पिताजी ने फुसफुसाकर पूछा, ''तेरे पास कितने रुपए बचे हैं?''

''पाँच हजार।'' माँ ने धीमी आवाज़ में उत्तर दिया।

''मेरे पास भी लगभग पाँच हजार हैं। इतने में गाड़ी का जुगाड़ बन जाएगा। एटा आ चुका है। अभी कोई गाड़ी नहीं दिख रही। सामान पहुँचाने वाली गाड़ियाँ अधिकतर रात को चलती हैं, दिन में नहीं। हम रात में कोई गाड़ी जरूर ले लेंगे।'' पिताजी ने कहा।

दिन काफी बीत चुका था और सूरज ढलने की ओर था। गाड़ी का कोई जुगाड़ नहीं बना था। थकान, भूख, ऊब मिलकर एक हो रहे थे। ❑

कैंप में

माँ–पिताजी आगे–आगे चल रहे थे। हीरा और नंदू पीछे।

अचानक नंदू बिलबिलाकर जमीन पर बैठ गया, ''नहीं चला जाता मुझसे।''

''माँ, ओ माँ!'' हीरा ने तेज आवाज़ में पुकारा, ''देखो, नंदू क्या कह रहा है!''

''क्या रे, अब तुझे क्या हुआ?'' माँ तेजी से पलटी और हड़बड़ाती हुई नंदू के पास पहुँची, ''नंदलाल, क्या तकलीफ है तुझे?''

नंदू ने अपने पैरों की ओर इशारा किया। उसके पैर बुरी तरह सूजे हुए थे और उनमें से खून आ रहा था।

''हे भगवान! खून!'' माँ घबरा गई।

''लगातार चलने की वजह से सूजन आ गई है। कल से पैर सूजा दिख रहा था। इस बार चलना शुरू करते ही घाव बन गया है।'' पिताजी ने नंदू का पैर देखते हुए कहा।

''अब क्या होगा?'' माँ डरी हुई थी।

राह चलते एक–दो लोग ठिठक गए और नंदू की हालत देख तरस खाने लगे।

''लॉकडाउन में अपने घरों की ओर जाते मजदूरों की मदद के लिए सरकार ने जगह–जगह कैंप लगवाए हैं। मुझसे आगे गए मेरे साथी ने मुझे फोन पर बताया है कि थोड़ा आगे एक रैनबसेरा है। चिंता मत करो। आप वहाँ पहुँचो। डॉक्टर मिल जाएँगे।'' एक राहगीर ने बताया।

पिताजी ने नंदू को गोदी में उठाया और उस ओर चल दिए।

माँ ने पिताजी का बैग अपनी अटैची के ऊपर रख लिया और दोनों चीजें एक साथ खींचने लगी।

बुरी तरह डरा हीरा नंदू की चप्पलें हाथ में थाम चल दिया। 'नंदू को अपने जूते पहनकर आना चाहिए था।' उसने मन ही मन सोचा। पर अब सोचने से क्या फायदा था। नंदू के पैर चोटिल थे। जख्म से खून रिस रहा था।

थोड़ा आगे चलने पर सरकारी कैंप मिल गया।

यह एक स्कूल था, जिसे कैंप में बदल दिया गया था। स्कूल के प्रांगण में लोग सामाजिक दूरी का पालन करते हुए बैठे थे। उन्हें मास्क दिए जा रहे थे। एक कोने में खाना बन रहा था। कमरों में लोगों के रुकने का प्रबंध था।

मास्क लगाए, दस्ताने पहने कई स्वयंसेवक खड़े थे, जो आते-जाते हर व्यक्ति के हाथ में सैनिटाइज़र डाल रहे थे।

"उधर कोने में कई गुसलखाने हैं। वहाँ आप नहा-धो सकते हैं। कृपया सामाजिक दूरी बनाए रखें और नियमों का आदर करें।" स्वयंसेवक यह भी बता रहे थे।

"सर जी, बच्चे के पैर में चोट है। क्या यहाँ इलाज हो सकता है?" पिताजी ने पूछा।

"हाँ, हाँ, क्यों नहीं। वह सामने डॉक्टर बैठे हैं। तुरंत दिखाओ।" स्वयंसेवक ने इशारा किया।

पिताजी उस ओर बढ़े।

डॉक्टर मास्क लगाए हुए थे। उन्होंने नंदू के पैर का निरीक्षण किया। दवाई से घाव की सफाई करके मरहम लगाकर पट्टी बाँध दी। खाने के लिए गोलियाँ दीं। दो सुइयाँ भी लगाईं।

"छोटे-छोटे बच्चों को लेकर सड़क पर आने को किसने कहा था? अब यहीं ठहरो। जब लॉकडाउन खुलेगा, तब घर जाना।" डॉक्टर साहब पिताजी से बोले।

पिताजी चुप रहे। वह डॉक्टर साहब से नहीं कह सकते थे कि यह सब माँ की जिद की वजह से हुआ। माँ ही अड़ गयी थी कि बिना किसी सुविधा-सवारी के सड़क पर पैदल चल दें! माँ का नाम लगाने का कोई फायदा नहीं था। वह स्वयं बहुत दुःखी थी। बार-बार नंदू का माथा छूकर देख रही थी कि

कहीं उसे बुखार तो नहीं आ गया।

''बेटा, तुम्हें भी कोई तकलीफ है?'' डॉक्टर साहब ने हीरा से पूछा, तो उसने अपना सिर 'नहीं' में दाएं-बाएं हिला दिया।

''गुड ब्वॉय!'' डॉक्टर साहब ने दस्ताने वाले हाथ से हीरा को एक चॉकलेट पकड़ा दी। नंदू को भी एक चॉकलेट दी उन्होंने।

''जाओ आराम करो।'' कहकर डॉक्टर साहब ने जाने का इशारा किया।

❑

कैंप में आराम करने के लिए जगह ही जगह थी। स्कूल तीन मंजिला था, अतः जगह की कमी नहीं थी। बड़े-बड़े कमरों में गद्दे जमीन पर बिछे थे और ओढ़ने के लिए रजाइयाँ भी थीं। एक कमरे में तीन-चार से ज्यादा लोग नहीं ठहराए जा रहे थे। हीरा के परिवार को भी एक कमरा मिल गया।

नंदू बिस्तर पर लेटते साथ सो गया। माँ उसके पास बैठी रही। हीरा और पिताजी नहाने-धोने चले गए।

नहाने के बाद उन्हें खाने के पैकेट मिल गए। गरमागरम पूरी-सब्जी की खुशबू से हीरा की भूख और बढ़ गई।

जब खाने के पैकेट देखे, तो नंदू उठकर बैठ गया। खाना और दवाई खाकर फिर लेट गया।

माँ अपना मोबाइल चार्ज होने लगा चुकी थी। मोबाइल चार्ज करते हुए ही उसने काजल से बात की। फोन का स्पीकर ऑन था, तो कमरे में बैठे सभी लोग वार्तालाप को सुन सकते थे।

नंदू के पैर की बात सुन काजल बहुत दुःखी हुई। फोन पर ही रोने लगी, ''माँ तुम दिल्ली से चल क्यों दीं? मेरे छोटे-छोटे भाई सड़क पर चलने के लिए नहीं बने हैं। थोड़ा रुक कर आतीं। मैं यहाँ ठीक हूँ।''

''बेटी, मोहन की चिंता सता रही थी।''

''अब चिंता करने से कोई फायदा नहीं! ऐसा लगता है वह हमेशा के लिए कहीं चला गया है।'' काजल मायूसी से बोली, ''जिसे जहाँ जाना हो जाए, हमें किसी से क्या मतलब!''

''नहीं, ऐसे नहीं कहते।'' माँ ने उसे समझाया, ''मोहन जहाँ होगा,

सुरक्षित होगा। लॉकडाउन की वजह से इस समय हर इंसान एक छोटी सी सीमा में कैद हो गया है। हम जैसे लोग, जो सीमा तोड़ना चाहते हैं, वे पछता भी रहे हैं। यदि अपने घर रुके होते, तो शायद बेहतर ही होता।'' कहते-कहते माँ बुरी तरह उदास हो गई।

''कुछ मत सोचो माँ। सब ठीक हो जाएगा।'' काजल ने ढाढ़स बंधाया।

''हाँ बेटी। घर आने का कोई उपाय बना, तो बताऊँगी। नहीं तो यहाँ सरकारी कैंप में हमें कोई कष्ट नहीं है। बहुत बड़ा कमरा है। सरकार खाना-पीना सब मुफ्त में दे रही है। हम आराम से रुके हैं। तू हमारी चिंता मत करना। मोबाइल की बैटरी बार-बार चली जाती है, इसलिए बात न होने पर भी टेंशन मत लेना। ले, पिताजी से बात कर।''

पिताजी ने फोन पर काजल को समझाया, ''अब हम घर पर भी नहीं हैं, सड़क पर हैं। बेटी, अपने को संभालना । महामारी के समय सुरक्षित रहना जितना जरूरी है, उतना ही जरूरी है खुश रहना।''

''मैं खुश हूँ पिताजी।''

''हाँ बेटी, धैर्य रखना है हम सभी को। इस महामारी का सामना करने के लिए अच्छी सेहत की जरूरत है। शारीरिक और मानसिक दोनों सेहत ठीक होनी चाहिए।''

''जानती हूँ पिताजी।'' काजल ने हामी भरी और फोन बंद कर दिया।

काजल से बात करने के बाद माँ एक बार फिर उदास हो गई।

''क्या सोचा था और क्या हुआ?'' माँ बुदबुदाई, ''बच्चे के पैर में चोट लग जाएगी, ऐसा तो मैं सोच भी नहीं सकती थी!''

''माँ, मैं जूता पहनकर आया, इसलिए मेरे पांव सुरक्षित हैं।'' हीरा ने जूते उतारकर मोजे सूखने को रख दिए थे। उसके पैर सच में ठीक-ठाक हालत में थे।

माँ हँसी, ''तेरे पैरों में छाले नहीं पड़े? बड़ा बहादुर है तू। देख, मेरे पैर के तलवे भी सूज गए हैं। पिताजी के पैरों में भी जख्म हो गए हैं। तेरे जूते बहुत कमाल के हैं।''

पिताजी हँसने लगे, ''यह जूतों की वजह से नहीं है। यह इसलिए है क्योंकि हीरा को दौड़ने की आदत है।''

हीरा मुस्कराता रहा। यह बात एकदम सच थी कि वह अपने स्कूल में दौड़ने में सबसे आगे है। स्कूल के ग्राउंड के दस चक्कर तो पाँच मिनट के अंदर लगा लेता है। वह दूसरे स्कूलों में भी दौड़ प्रतियोगिता के लिए भेजा जाता है और हमेशा जीत कर आता है।

पेट भर चुका था और साफ-सुथरे गद्दे-कंबल थे, तो सभी लोग बिस्तर पर लुढ़क गए।

❑

कैंप के नरम गद्दों और गरम कंबलों में इतनी गहरी नींद आई कि सुबह आँख खुलने का नाम ही नहीं ले रही थी। यह बात अलग थी कि थकान इतनी थी कि लगा ही नहीं कि सोए हैं। शरीर के पोर-पोर में थकान भरी थी।

सुबह माँ ने हीरा को जगाया, ''जल्दी उठ, तैयार हो जा हीरा। नाश्ता कर ले।''

कैंप में नाश्ते का प्रबंध भी अच्छा था। कचौड़ी के साथ आलू की रसेदार सब्जी, उसके बाद अदरक-इलायची की चाय।

''माँ, क्या लॉकडाउन रहने तक हम यहीं रुकेंगे?'' पेट भर नाश्ता करने के बाद हीरा ने सवाल किया।

माँ-पिताजी चुप रहे, तो नंदू ने उत्तर दिया, ''सवाल ही नहीं उठता। मेरे पैर ठीक हैं। हमें आगे जाना है। काजल दीदी इंतजार कर रही है।''

''यहाँ से निकलना मुश्किल है। पुलिस लगी हुई है। एक-एक आदमी की गिनती होती है। क्या सही नहीं होता कि जिस मेटाडोर पर सुरेश गया, उस पर हम चले जाते! वह हमें बैठाने को राजी था।'' पिताजी पछतावे से भरे थे।

''जाने दो, बीती बात पर मन बिगड़ने से क्या फायदा? अब यह देखो कि यहाँ से कैसे निकला जा सकता है। यों खाना खाकर पैर फैलाकर बैठने के लिए हमने अपना घर नहीं छोड़ा था। हमें हर हाल में आगे जाना है।'' माँ निश्चय भरे स्वर में बोली।

दोपहर में ताजे भोजन के पैकेट मिल गए।

शाम को चाय के साथ समोसे मिले।

प्रबंध सच में ऐसा था कि मन कर रहा था जिंदगी भर यही रुके रहो।

पर...पर चारों लोगों के मन में बेचैनी थी। वहाँ रुके रहने का सवाल ही नहीं था।

पिताजी कमरे से ही सारा निरीक्षण कर रहे थे। वह चिंतित थे, ''बाहर भीड़ बढ़ गई है। लगता है प्रवासी मजदूर सड़कों पर आते जा रहे हैं। सरकार इतने लोगों को कैसे संभालेगी?''

''दुनिया की चिंता छोड़ो, अपनी बताओ! यहाँ बैठे-बैठे खाने के लिए घर से निकले थे क्या?'' माँ झुंझलाई।

''नाराज़ मत हो। मैंने सारी परिस्थिति देख ली है। हम एक साथ नहीं जा सकते। हमें एक-एक करके निकलना होगा। अंधेरा होते ही मेरा बैग लेकर तू सबसे पहले निकल जाना। फिर दोनों बच्चे अटैची खींचते हुए इधर-उधर खेलने का बहाना करते बाहर निकल जाएँगे। थोड़ी देर बाद मैं भी आ जाऊँगा। एक साथ चारों लोगों का जाना ठीक नहीं है।''

''यही ठीक रहेगा।'' माँ ने सहमति व्यक्त की।

छह बजते ही माँ उठी और कपड़ों का बैग लेकर तुरंत बाहर निकल गई।

पिताजी का इशारा पाते ही नंदू उठकर खड़ा हो गया, ''चल हीरा, अब हम चलें।''

''पहले जूते पहन ले।'' हीरा ने जूतों की ओर इशारा किया।

''जूते? ये तो तेरे हैं।''

''तेरे पैरों में तकलीफ है, जूतों में पैर सुरक्षित रहेंगे।'' हीरा ने कहा, ''मैं चप्पल में चल सकता हूँ।''

नंदू ने अपने छोटे भाई को प्यार से गले लगाते हुए कहा, ''मेरे भाई, तू बहुत अच्छा है, पर अब जूतों का कोई फायदा नहीं। जूते पहनने से मेरे पैरों का घाव और ज्यादा दु:खेगा। जूते तू पहन ले। मैं ठीक हूँ। पट्टी बंधी हुई है। मैं लगातार दर्दनाशक दवाई खा रहा हूँ। मुझे कोई तकलीफ नहीं होगी।''

''ठीक है, जैसा तू कहे।'' कहते हुए हीरा ने फटाफट जूते पहने और अटैची लेकर दोनों भाई कैंप से बाहर निकल गए।

छोटे बच्चों को खेल-खेल में पहियों वाली अटैची चलाते देख किसी ने नहीं टोका। पिताजी उनके पीछे थोड़ी दूरी बना कर चलते रहे।

माँ स्कूल से काफी आगे जाकर सड़क पर उनका इंतजार कर रही थी।

जल्द ही बाकी तीनों वहाँ पहुँच गए।

❑

लगभग बीस घंटे कैंप में बिताने के बाद चारों एक बार फिर सड़क पर थे।

घर छोड़े हुए चार रातें और चार दिन बीत चुके थे। पाँचवी रात आने वाली थी।

इस बार चलने की गति बहुत तेज नहीं थी। नंदू के पैर में दर्द था और वह बहुत धीरे चल रहा था।

थोड़ा आगे जाने पर माँ ने उसे दवा और पानी दिया।

पानी की बोतल लगभग खाली देख पिताजी ने अपने माथे पर हाथ मारा, "अरे, कैंप से भागने की हड़बड़ी में पानी भरना भूल गए! अब क्या होगा?"

"पानी कहीं भी भर लेंगे। आगे बढ़ते रहो।" इतना कह माँ आगे चल दी।

पर संयोग ऐसा पड़ा कि न जाने कितनी देर तक कोई पेट्रोल पंप आया ही नहीं।

"लगता है इस सड़क पर पेट्रोल पंप नहीं मिलेगा। पेट्रोल पंप के लिए हमें मुख्य सड़क पर जाना होगा।" पिताजी बोले।

"नहीं-नहीं!" पास से जाते हुए किसी मजदूर ने कहा, "मुख्य सड़क पर मत जाना। पकड़ हो रही है। सड़क पर जाओगे, तो पुलिस पकड़कर कैंप में ले जाएगी।"

"पकड़ क्यों रहे हैं? किसी को जरूरी काम से जाना हो, तो ऐसे रोकने का क्या मतलब?" माँ झुंझलाई।

"मतलब है। लोग अपने शारीरिक सामर्थ्य का अनुमान किए बिना सड़क पर आ गए हैं। जगह-जगह से खबरें आ रही हैं कि लोग सड़कों पर दम तोड़ रहे हैं। बहुत भयानक हालत है। कहीं थकान की वजह से लोग खत्म हो रहे हैं, तो कहीं भूख-प्यास की वजह से प्राण त्याग रहे हैं। पुलिस का उन्हें रोकना बिल्कुल जायज है। इंसान की जान बहुत कीमती है। जान बच सके, इसीलिए तो लॉकडाउन हुआ है। यदि लोग इस बात को नहीं समझ रहे, तो

सरकार उन्हें सड़क पर चलने से रोकेगी।'' अंकल ने एक सांस में कह दिया।

''बात तो तुम ठीक कह रहे हो।'' पिताजी ने स्वीकार किया, ''हम मानते हैं कि हम सड़क पर गलत आए हैं। हम यह भी जानते हैं कि हमारी सामर्थ्य इतनी नहीं है कि हम झारखंड तक पैदल जाएँ। बच्चे के पैर में चोट लग चुकी है। हमारी गति बहुत धीमी है। पर हमारी क्या मजबूरी है, उसे हम ही समझ सकते हैं। कोई और नहीं समझ सकता। हम रुक नहीं सकते। हमें हर हालत में आगे बढ़ना है।''

''ठीक कहते हो भाई!'' उस मजदूर ने स्वीकारा, ''ऐसी हालत में तुम्हें पुलिस से बचने की पूरी कोशिश करनी चाहिए।''

''ओहो! तब तो इसी सड़क पर चलना बेहतर होगा। पर हमारे पास पीने का पानी नहीं है। हमें मुख्य सड़क तो लेनी ही होगी।'' पिताजी ने निर्णय लेते हुए माँ से कहा, ''डरने की कोई जरूरत नहीं। जहाँ पेट्रोल पंप होगा, वहाँ गाड़ी भी मिल जाएगी।''

❑

लो, मिल गई गाड़ी

रात लगभग बीतने वाली थी, तब कहीं जाकर एक पेट्रोल पंप मिला।

वहाँ बिस्किट, चिप्स की दुकान खुली हुई थी। पानी की बोतल भी बिक रही थी। कई ट्रक भी खड़े दिख रहे थे।

माँ ने पैसे में पानी की बोतल नहीं खरीदी। उसने नल से बोतल भर ली।

''माँ चिप्स!'' नंदू ने चिप्स की ओर इशारा करते हुए कहा।

हीरा को मन ही मन बहुत गुस्सा आया। 'चोट लग गई, इतना तमाशा हो गया, फिर भी इसको सबर नहीं है। पैसा कहाँ से आएगा? अब डांट पड़ेगी इसको।'

लेकिन माँ मुस्कराई, ''मेरे पास कुछ चिल्लर नोट हैं। चिप्स ले लो, चॉकलेट ले लो। शाम पाँच बजे समोसे खाए थे। अब तक भूखे हो गए होगे! चॉकलेट चाहिए?''

''न!'' हमेशा से मीठे के शौकीन नंदू ने मना कर दिया, ''सिर्फ चिप्स!''

'ऐं! कहीं पैर में चोट लगने से इसका दिमाग तो उल्टा नहीं हो गया? चॉकलेट के बजाए चिप्स?' हीरा ने सोचा। पर जब माँ ने दोनों बच्चों को चिप्स का बीस-बीस रुपये वाला एक-एक पैकेट थमाया, तो हीरा खुश हो गया। नंदू के बहाने उसे भी चिप्स मिल गए थे।

माँ ने पाँच रुपये वाले बिस्किट के ढेर सारे पैकेट भी खरीद लिए। जहाँ सामान के पैसे दिए गए, वहीं काउंटर के पास बिजली का प्लग लगा देख वह मोबाइल चार्ज करने को ललचा गई।

चार्जर लगाकर मोबाइल चार्ज करना शुरू किया और फोन पर बातें करनी चाही, तो दुकान वाले ने डांट लगाई, ''चार्जिंग पर लगे मोबाइल से

बात नहीं करनी चाहिए। जानतीं नहीं, बैटरी ब्लास्ट हो सकती है!''

''भैया, बस एक मिनट!'' माँ ने कहा।

''नहीं, नहीं। यहाँ पेट्रोल पंप है। तमाशा करना चाहती हो क्या? एक तो पहले ही लॉकडाउन का उल्लंघन करके सड़कों पर निकल आई हो, ऊपर से चार्ज होते मोबाइल से बात कर रही हो। बंद करो फोन।''

उसकी घुड़की से माँ सहम गई। मोबाइल और चार्जर लेकर दुकान से बाहर आ गई।

''दुकानदार बहुत बदमाश है।'' नंदू ने कहा।

''वह ठीक कह रहा है। लॉकडाउन में बाहर आकर हमने नियम तोड़े हैं।'' पिताजी गंभीर थे, ''पुराना मोबाइल इस तरह इस्तेमाल नहीं करना चाहिए। जैसे ही हमारी जेब में पैसा होगा, वैसे ही हम नया मोबाइल खरीद लेंगे।''

''पैसा?'' हीरा को चिप्स के पैकेट पर चालीस रुपये खर्च करने का अफसोस हो रहा था। आजकल पैसे की तंगी बुरी तरह नज़र आ रही है। जबसे पिताजी की नौकरी गई, उस दिन के बाद तो ज्यादा ही! पर भूख भी लग रही थी, तो वह बिस्किट और चिप्स खाना चाहता था।

अचानक पिताजी चौंके। सामने एक ट्रक खड़ा था, जिसकी नंबर प्लेट की ओर इशारा करते हुए उन्होंने कहा, ''यह झारखंड का है।''

''पूछो-पूछो! पता करो शायद चार सवारी की जगह हो इसके पास!'' माँ दुकानदार की झिड़की भूल गई और उत्साहित होकर बोली।

''भैया, झारखंड के हो?'' पिताजी ने ट्रक वाले से पूछा।

''हां।'' उसने उत्तर दिया।

''हमें जूनी गाँव जाना है।'' पिताजी बोले।

''ले चलेंगे।'' ट्रक वाले ने सिर हिलाया।

''कितना लोगे?''

''दो हजार हर सवारी का अलग-अलग।''

ट्रक पर अनाज की बोरियाँ लदी थीं। बोरियों के ऊपर नीले रंग की त्रिपाल लगी थी। इन लोगों को उस त्रिपाल के ऊपर बैठना था, इतना तो स्पष्ट दिख रहा था।

''इतनी ठंड है खुली गाड़ी में हवा लगेगी। रास्ते में पानी बरसा, तो भीगने से बचने का कोई उपाय नहीं है।'' पिताजी ने कहा।

''बारिश-पानी की बात तो ऐसे कह रहे हो, जैसे पैदल चलोगे, तो भगवान जी छाता लगा देंगे!'' ड्राइवर ने मुँह बिचकाते हुए कहा, ''जहाँ छतरी वाली सवारी मिले, वहीं से ले लो। हमारा टाइम क्यों बर्बाद कर रहे हो। हटो, हमें देर हो रही है।''

''भाई, ऐसे समय में गरीबों की मदद करनी चाहिए। आपको सामान पहुँचाने का पैसा मिल ही जाएगा। पैसा कुछ कम नहीं करोगे?'' माँ ने कहा।

''हमने धर्म-खाता खोल रखा है क्या? बहनजी, हमें भी चार पैसे कमाने हैं। तुम बच्चों का हजार-हजार दे देना। छह हजार से कम नहीं।'' ट्रक वाले ने कहा।

माँ तुरंत बोली, ''हम चल रहे हैं भैया। जूनी गाँव की सीमा पर छोड़ देना।''

''ठीक है, ठीक है।'' ड्राइवर ने दया दिखाते हुए कहा।

पिताजी ने अपनी जेब से पाँच हजार निकाले। माँ ने अपने बटुए से पाँच सौ के दो नोट निकाल दिए।

छह हजार ले ट्रक वाले ने क्लीनर को इशारा किया, ''इन्हें ठीक से बैठा दो, हमें तुरंत चलना है।''

दो दिन पहले जिस तरह सुरेश अंकल का परिवार गाड़ी पर चढ़ा था, ठीक उसी तरह नंदू, हीरा, माँ और पिताजी भी ट्रक पर चढ़ गए।

''यह रख लो!'' काली पॉलीथिन का बड़ा-सा टुकड़ा उनकी ओर फेंकते हुए क्लीनर ने कहा, ''पानी बरसे, तो इसके नीचे घुस जाना।''

''धन्यवाद भाई!'' पिताजी धन्य हो गए।

''सफर में इतना ध्यान रख रहे हैं, बड़े अच्छे लोग हैं!'' उन्होंने माँ से कहा।

माँ मुस्करा दी।

क्लीनर ने पीछे से ट्रक का दरवाजा बंद किया और ट्रक आगे बढ़ने लगा।

दिल्ली से झारखंड जाते हुए वे गाड़ी मिलने की आस को छोड़ चुके थे।

अब ट्रक में बैठे, तो एक बार फिर उत्साहित हो गए।

तेजी से आगे बढ़ते ट्रक ने पिछले चार दिनों की थकान को मिटा दिया था।

आकाश में रोशनी दिखनी शुरू हो गई थी। बादल छाए थे, तो सूर्यदेव नज़र नहीं आ रहे थे। सुबह का छह बजने वाला होगा, पर घड़ी नहीं थी, तो समय का कुछ अंदाजा भी नहीं हो रहा था।

❑

ट्रक की गति तेज थी। हिचकोले लगने लगे। थके हुए शरीर बोरियों पर पसरने लगे।

सबसे पहले पिताजी लेटे। चिप्स खत्म कर नंदू भी लेट गया।

"तू भी लेट जा हीरा।" कहती हुई माँ गुड़ी-मुड़ी हो गई।

पिताजी ने अपना बैग सिर के नीचे लगा रखा था, तो माँ अटैची के हैंडल को पकड़े हुए थी।

हवा तेज थी। पिताजी ने काली पॉलिथीन को कंबल की तरह खोल लिया और उसे अपने ऊपर फैला लिया। उन्होंने नंदू को भी उढ़ा दिया। माँ हँसी। उसने अपनी मोटी शॉल हीरा को ओढ़ने को दी और वह भी उसी तिरपाल के नीचे घुस गई।

"हीरा, ठंड लगे, तो तू भी इसी में आ जाना बच्चा!" माँ ने लाड़ से कहा।

हीरा नहीं सोया। चिप्स का पैकेट खोल धीमे-धीमे एक-एक चिप्स टूंगता रहा। उसके पास मीठे बिस्कुट का पैकेट भी था। जब मन करता, एक बिस्किट मुँह में डाल लेता।

वह नज़ारे देखता रहा।

दूर तक खाली पड़े खेत उसे लुभा रहे थे।

पानी भरे तालाबों में कई तरह की चिड़ियाँ नज़र आ रही थीं। पानी में किलोल करती ये चिड़ियाँ हमेशा देखे पक्षियों से अलग थीं।

'कौन सी चिड़ियाँ हैं ये?' उसने सोचा, 'कहीं प्रवासी पक्षी तो नहीं! मार्च बीत रहा है। जल्द ही ये पक्षी अपने देशों को लौट जाएँगे।'

वह जानता था कि जाड़े में कई विदेशी पक्षी भारत आते हैं, क्योंकि उनके देश में अत्यधिक ठंड से झीलों का पानी बर्फ बन जाता है। भारत का जाड़ा उनके लिए सुहावना मौसम होता है। प्रवासी पक्षी यहाँ पर तीन-चार महीने सुकून से रहते हैं। पानी में अंडे देते हैं। अंडों से उनके बच्चे निकलते हैं। जब भारत में गर्मी बढ़ने लगती है, तो वे अपने नये जन्मे बच्चों के साथ अपने देशों की ओर लौट जाते हैं।

'अकेला आया पक्षी अपने परिवार के साथ लौटते हुए कितना खुश होता होगा! अरे, इस तरह से इन पक्षियों के दो घर हो गए। जाड़े का घर अलग, गर्मियों का घर अलग।' पक्षियों की खुशी की कल्पना से हीरा का मन खिल उठा।

'क्या हम लोग भी पक्षियों की तरह नहीं हैं?' वह सोच में पड़ गया, 'जब सुविधा होती है, तो बड़े शहरों में चले जाते हैं। जब बड़े शहरों में कठिनाई होती है, तो अपने गाँवों की तरफ दौड़ते हैं। शायद इसीलिए हमें प्रवासी श्रमिक कहा जाता है। माँ-पिताजी रोजगार की तलाश में शहर आए। उन्होंने दिल्ली में सालों-साल नौकरी की। यहीं पर हम तीनों भाई-बहनों का जन्म हुआ। हर साल कुछ दिन सुकून से बिताने के लिए हम अपने गाँव जाते हैं। अपने गाँव की ओर जाते समय हम भी इन्हीं पक्षियों की तरह खुश होते हैं।'

धूप नहीं थी। घने काले बादल खेतों में उतरे से नज़र आ रहे थे।

'यदि मैं इन खेतों के बीच पहुँच जाऊँ, तो क्या बादलों को बांहों में भर पाऊँगा?' हीरा ने सोचा, 'प्रकृति कितनी सुंदर है!'

हमेशा के देखे दृश्य एक बार फिर मनमोहक लग रहे थे। हीरा उस एहसास को मन में रखना चाहता था।

'क्या मैं इस सफर को कभी भूल पाऊँगा?' वह सोच में पड़ गया, 'कितने अजीबोगरीब अनुभव हो रहे हैं इस सफर में!'

ट्रक तेज गति से आगे बढ़ता रहा।

कई जगह सड़क किनारे खड़े ट्रक जहां-तहाँ पैदल चलने वाले यात्रियों के साथ सौदेबाजी करते दिख रहे थे।

हीरा के मन में दुःख उमड़ आया। 'गरीब इंसान को लूटने की क्या जरूरत है? या शायद ट्रक वाले भी गरीब हों! पर दूसरे की मजबूरी का

फायदा उठाकर अपने घर की रोटी चलाना तो अच्छी बात नहीं! इतना तय है कि मैं कभी किसी की मजबूरी का फायदा नहीं उठाऊँगा।'

सड़क के किनारे पैदल चलने वाले लोगों की कमी नहीं थी।

'ये लोग अपने घर कब तक पहुँचेंगे? शायद पाँच दिन में या शायद दस दिन में। और हम? हम तो कल ही अपने गाँव में होंगे। हमें देख काजल दीदी कितना खुश होंगी!' काजल को याद करते ही हीरा के मुँह पर मुस्कान आ गई।

'एक न एक दिन सभी लोग अपने घर पहुँच जाएँगे। जिनका घर आस-पास होगा, वे हमसे भी पहले पहुँच जाएँगे। यह बहुत अच्छा रहेगा। हे भगवान जी, सबको खुशियाँ दो।' उसने दोनों हाथ जोड़कर भगवान से प्रार्थना की।

उसकी आँखें थकान से बंद होने लगी थीं। माँ की शॉल कसकर लपेटने के बावजूद ठंड लग रही थी। उसने त्रिपाल का एक कोना उठाया और उसके अंदर घुस गया।

धीरे, धीरे, धीरे, पता ही नहीं चला कि कब वह भी नींद में डूब गया।

"उठ हीरा, कुछ खा ले।" माँ ने जगाया, तो उसने बड़ी मुश्किल से आँखें खोलीं। कुछ पल तो समझ ही नहीं पाया कि कहाँ है।

"बिस्किट खा ले।" माँ ने कहा।

"नहीं-नहीं!" वह कुनमुनाया, "रोटी! रोटी-सब्जी दो माँ!"

"रोटी नहीं है!" माँ ने कहा।

"तो बना दो।" हीरा नींद में था।

"बेटा, आँखें खोल। बिस्किट खा ले।" उसे बिस्किट का पूरा पैकेट पकड़ाकर माँ अब नंदू को जगाने लगी थी।

हीरा चौंककर उठ बैठा।

रात हो चुकी थी। ट्रक किसी पेट्रोल पंप पर पहुँचा था।

"चाय ले लो।" पिताजी नीचे चाय के कुल्हड़ लिए खड़े थे।

हीरा ने माँ की तरफ देखा, "माँ, बाथरूम! हाथ-मुँह धोना है।"

"माँ, मैं भी।" नंदू भी बाथरूम जाना चाहता था।

"नीचे उतरो। जल्दी से सारे काम निबटाकर आओ । पड़े-पड़े सो रहे हो। होश ही नहीं है।" माँ लाड़ से बोली।

माँ ने हाथ बढ़ाकर चाय का कुल्हड़ पकड़ लिया। पिताजी के हाथ का सहारा ले हीरा-नंदू नीचे उतर गए।

सभी जरूरी काम निपटाकर दोनों भाई दोबारा ट्रक पर चढ़ गए।

फिर माँ नीचे उतरी और हाथ-मुँह धोकर आई।

सभी बैठ गए थे। हीरा और नंदू ने चाय के कुल्हड़ पकड़ लिए। चाय ठंडी हो गई थी, पर अच्छी लग रही थी। वे चाय के साथ बिस्किट खाते रहे।

ट्रक अंधेरे में आगे बढ़ने लगा।

अभी भी सड़क किनारे पैदल चलने वालों की कमी नहीं थी।

'क्या पूरा भारत सड़क पर आ गया है?' हीरा ने सोचा, 'नहीं, ऐसा नहीं हो सकता। ये वे जरूरतमंद लोग हैं, जो पैसा कमाने के लिए दूसरे शहरों में जाते हैं और लॉकडाउन के समय मजबूरी या कोरोना के भय के कारण अपने घर लौट रहे हैं।'

माँ, पिताजी, नंदू एक-एक करके लेट गए थे।

हीरा अंधेरे में दूर तक देखता रहा।

सड़क के किनारे लगी बत्तियों की रोशनी दिख रही थी।

कहीं-कहीं बहुत दूर तक कोई बत्ती नज़र नहीं आती, तो कहीं कोई गाड़ी तेज रोशनी बिखेरती निकलती, और आँखें चौंधिया उठतीं।

हरे पेड़ों के झुरमुट अंधेरे में काले नज़र आ रहे थे।

अंधेरा होने के बावजूद खेतों के बीच बने किसानों के झोपड़े, बिजली के खंभे सभी कुछ स्पष्ट दिख रहे थे।

'आज पानी नहीं बरस रहा! यदि पानी बरसता, तो चलते ट्रक में बारिश देखने का भी मजा मिल जाता। धत्, हम लोग भीग जाते! जरा-सा पॉलीथीन हमारी कितनी रक्षा करता? अच्छा ही है, जो पानी नहीं बरस रहा है।' उसने निष्कर्ष निकाला।

खुले ट्रक पर यह लंबा सफर बड़ा रोमांचक था।

हीरा के बाल हवा में उड़ रहे थे।

उसने एक गहरी सांस भरी। शुद्ध हवा फेफड़ों में अंदर तक जाती महसूस हुई। 'कई दिन से फ़ैक्टरी-कारखाने बंद हैं और ज्यादा ट्रक-बस-गाड़ियाँ नहीं चल रहे, तो हवा में प्रदूषण नहीं है।' उसने सोचा।

एकदम शुद्ध वायु। प्रदूषण रहित एकदम स्वच्छ आकाश।

आकाश में तारे थे। छोटा-सा चांद भी दिख रहा था। अंधेरे में डूबे खेत, नहरों का चमकता पानी-सब कुछ जादुई! मानो परीलोक की यात्रा!

हीरा की कल्पना में परीलोक साकार हो उठा।

'यदि मुझे परीलोक जाने का मौका मिले तो? तो मैं परी रानी से कहूँगा कि मेरी काजल दीदी को भी यहाँ घूमने आने दो।' हीरा को याद आया कि काजल परियों की कहानियाँ बहुत पसंद करती है।

वह सोचता चला गया -

खुली हवा में निश्चिंत उड़ती परियाँ कैसा महसूस करती होंगी?

परी कैसी?

जैसे काजल।

हवा कैसी?

जैसी इस समय ट्रक में लग रही है। जैसी हवा दिल्ली में, जैसी उनके गाँव में बह रही होगी।

हाँ, हमारा देश भी तो सपनों का देश है।

सपनों के देश की जादुई यात्रा!

हीरा मुस्करा दिया। वह जानता है कि परीलोक कहीं नहीं है। लेकिन अगर अपने आस-पास सब कुछ संवारा जाए, तो यह दुनिया किसी परीलोक से कम नहीं!

'संवरी दुनिया क्या होती है?' वह सोच में पड़ गया, 'आजकल जो हालत है, वह किसी भी तरह साफ-सुथरी, सजी-संवरी नहीं कहलाएगी। हमारे परीलोक जैसे सुंदर संसार में कोरोना राक्षस ने हमला कर दिया है। हम सभी डर कर इधर से उधर भाग रहे हैं! पर.....

'....यदि परियों की हर कहानी में राक्षस होते हैं, तो कुछ अच्छे राजकुमार, साधु बाबा और परोपकारी मनुष्य भी होते हैं, जो परीलोक को दुष्टों से बचाते हैं। इस कोरोना-राक्षस से मुकाबला करने के लिए बहुत से कोरोना वॉरियर्स अपना जीवन लगा रहे हैं। डॉक्टर, नर्स, स्वास्थ्य कर्मचारी, प्रशासनिक कर्मचारी, मीडियाकर्मी, सफाई कर्मचारियों के साथ-साथ और भी बहुत से लोग इस कोरोना-राक्षस से लड़ रहे हैं। उनके परोपकार का कहीं मुकाबला

नहीं।'

हीरा सोचता चला जा रहा था। कभी उसके चेहरे पर चिंता की रेखाएँ दिखने लगतीं, कभी उसका चेहरे पर संतोष झलकने लगता, कभी वह खुशी से खिल उठता। एक दिन यह दुनिया फिर से सुंदर बन जाएगी, उसे पूरा विश्वास था।

उसके मन में आया, 'लॉकडाउन के ये अनुभव कभी भुलाए नहीं जा सकते! कोरोना की वैक्सीन बनेगी। कोरोना हारेगा। बस यादें हमारे साथ रह जाएँगी। यदि हम घर से न निकले होते, तो क्या इस तरह सुनसान में खुले ट्रक पर सफर कर सकते थे?'

'इस लॉकडाउन का मतलब–जरूरत के लिए देश में तालाबंदी।'

'कोरोनावायरस से बचने के लिए लॉकडाउन हुआ। उसने हमें न जाने क्या-क्या सीखने का मौका दिया है।' वह सोचता जा रहा था।

'हमें अपने स्कूल का महत्व नहीं पता चलता। पर आज स्कूल की जरूरत महसूस हो रही है। यदि स्कूल नहीं खुलेंगे, तो मैं पढूंगा कैसे? पढ़ा नहीं, तो अनपढ़ रह जाऊँगा। पिताजी की तरह मजदूरी करूँगा। मजदूर यानी मजबूर! दूसरों के ऊपर आश्रित! नहीं, मुझे पढ़ना है। लॉकडाउन खत्म होते ही मुझे स्कूल जाना होगा। पर कहाँ? क्या दिल्ली? माँ नहीं लौटेगी। मुझे गाँव के स्कूल में पढ़ना होगा। पर सूरज तो दिल्ली में पढ़ेगा।'

'सूरज कितना भाग्यशाली है, जो इस समय अपने घर में सो रहा होगा!' हीरा को घर का बिस्तर याद आने लगा। नींद आ रही थी। वह ट्रक पर एक बोरी के ऊपर लेट गया।

ट्रक के अंजर-पंजर खड़ड़-खड़ड़ कर रहे थे। ऐसा लग रहा था मानो ट्रक एक लय में कह रहा हो, 'सो जाओ हीरा-नंदू, सो जाओ हीरा-नंदू।'

मिट्ठू भी तो रात के समय ऐसे ही कहता है, 'सो जाओ हीरा-नंदू, सो जाओ हीरा-नंदू।'

मिट्ठू को याद करते-करते उसे नींद आ गई।

❑

एक झटके से ट्रक रुका, तो हीरा की नींद टूट गयी।

सूरज अभी पूरा नहीं निकला था, पर आकाश में लालिमा छाने लगी थी।

माँ और पिताजी जग चुके थे। नंदू भी अपनी जगह पर बैठा आँखें मल रहा था।

ट्रक का क्लीनर आकर बोला, "उतरो, जूनी आ गया। वह सड़क गाँव की ओर जा रही है। देखो, बोर्ड लगा है।"

एक बोर्ड लगा था, जिस पर 'जूनी' लिखा था। साथ ही एक दिशा में तीर बना था।

पिताजी नीचे उतरे। माँ, हीरा तथा नंदू को सहारा देकर उतारा। अपना सामान भी उतार लिया।

उन चारों के उतरते ही क्लीनर ने ट्रक का दरवाजा बंद किया और भागकर ड्राइवर के पास बैठ गया। ड्राइवर ने ट्रक स्टार्ट कर दिया।

पिताजी को जगह पहचानी नहीं लग रही थी। ज्यादा पढ़े-लिखे न होने की वजह से वह बोर्ड को ठीक से पढ़ नहीं पा रहे थे। "यह कौन-सा इलाका है? हम बहुत जल्दी पहुँच गए! बोर्ड पर कुछ और भी लिखा है। नंदू जरा पढ़ना, क्या लिखा है बोर्ड पर..."

नंदू डरा हुआ खड़ा रहा। वह कुछ नहीं बोला।

माँ हड़बड़ा गई, "हमें जंगल में छोड़कर यह ट्रक कहाँ जा रहा है? ऐ भैया ट्रक वाले, कहाँ है हम?"

"जूनी गाँव के पास, कहा न। बोर्ड नहीं पढ़ पातीं?"

"नहीं पढ़ पाती। अनपढ़ हूँ, तभी तुमसे पूछ रही हूँ। गाँव पहुँचने के लिए हमें कितना चलना होगा? तुम कहाँ चल दिए?"

"इसी कच्ची सड़क पर चलोगी, तो जूनी पहुँच जाओगी। पक्की सड़क आगे भोपाल सिटी जा रही है। हम बाईपास रोड से कोल्ड स्टोर की तरफ जा रहे हैं।" ट्रक वाले ने एक साथ सारे उत्तर दिए।

"ऐ... क्या कहते हो? भोपाल? यह तुम हमें कहाँ ले आए? हमें तो झारखंड की सीमा पर बने जूनी गाँव जाना था। हमने उसी के लिए पैसा दिया था। मैं पुलिस को बता दूँगी।" माँ हताशा, गुस्से और दुःख से पागल हो उठी।

"पर यह गाड़ी तो यहीं आनी थी। तुमने जूनी कहा था, हमने पहुँचा दिया। पुलिस का डर मत दिखाओ। वहाँ थोड़ी दूर पर पुलिस खड़ी है।

जाकर पता कर लेना। जूनी गाँव ही है। सौ दफे जूनी गाँव ही है।'' कहते हुए ट्रक वाले ने ट्रक आगे बढ़ा दिया।

चीखती हुई माँ उसके पीछे दौड़ी, ''मेरा पैसा वापस करो। यह कहाँ पहुँचा दिया तुमने?''

ट्रक नहीं रुका। एक ही पल में दूर जाती सड़क के मोड़ से गायब हो गया।

पिताजी अवाक् थे।

माँ हाथ हिला-हिलाकर चिल्ला रही थी, ''बदमाश कहीं के, गरीब को लूट रहे हो। भगवान तुम्हें देखेगा। हाय रे, हमारा सारा पैसा भी ले लिया। यह हमें कहाँ पहुँचा दिया? अब हम अपने घर कैसे जाएँगे?''

वह धम्म-से जमीन पर बैठ गई और रोने लगी।

हीरा के मन के अंदर डर की एक लहर घूम गई। रात को उसने ट्रक में जो अजीबोगरीब जादुई कल्पनाएँ की थीं, वे सब मानो किसी राक्षस ने तहस-नहस कर दी थीं।

'हम कहाँ आ गए हैं? अब हम घर कैसे पहुँचेंगे? क्या यहाँ से कोई सड़क झारखंड के लिए जाती होगी? यदि यहाँ से कोई भी रास्ता झारखंड के लिए नहीं हुआ, तो?' हीरा अंदर तक थरथरा गया।

'ट्रक वाले को पता होना चाहिए था कि हमें झारखंड के जूनी गाँव जाना है। उसने हमें गलत जगह छोड़ दिया।' एक पल को उसके मन में ट्रक वाले के प्रति शिकायत आई। लेकिन उसने तुरंत सोचा, 'ट्रक वाले का भी क्या दोष, जब यह जगह भी जूनी ही है? किस्मत खराब हो, तो सब कुछ गलत होने लगता है!'

वह लॉकडाउन से नाराज नहीं था। उसे पता था कि लॉकडाउन सबके भले के लिए है।

उसके मन में कोरोना के प्रति नफरत थी और मोहन से चिढ़। 'न यह महामारी आती, न मोहन गायब होता, न माँ बिना सोचे-समझे सड़क पर चल देती।'

हीरा ने माँ की ओर देखा। वह लगातार चिल्ला रही थी। ''हमारा पैसा लूट लिया! हमारा पैसा लूट लिया!''

नंदू अभी भी हकबकाया-सा खड़ा था।

माँ रोती जा रही थी। पिताजी माँ के पास ही उकड़ूं बैठे थे।

रोती हुई माँ पिताजी से सवाल कर रही थी, "मूरख की तरह किसी भी गाड़ी पर बैठ गए, ठीक से जांच-पड़ताल भी नहीं की?"

"पूछा तो था।"

"क्या पूछा था?"

"यही कि..." पिताजी सोच में डूब गए। उन्हें याद नहीं आ रहा था कि उन्होंने ट्रक वाले से क्या बातचीत की थी। बड़ी देर में बोले, "पूछा था कि क्या झारखंड के हो? उसने हामी भरी थी।"

"उसने झारखंड निवासी होने की हामी भरी और तुम ट्रक पर चढ़ गए? पैसा भी थमा दिया। यह नहीं पूछा कि ट्रक कहाँ जाएगा? रास्ते भर गाड़ी की सवारी की, यह नहीं देखा कि गाड़ी किन सड़कों से गुजर रही है।"

"अरे, बड़ी गलती हुई! पढ़ा-लिखा होना चाहिए। सोच-समझकर बोलना आना चाहिए। रास्तों का ज्ञान होना चाहिए। अपने देश के भूगोल का पता होना चाहिए।" पिताजी ने तुरंत अपनी गलती मान ली, "साथ ही यह पता होना चाहिए कि एक ही नाम के गाँव देश में कई जगह होते हैं। भला गाँव का नाम बताने से जगह की पहचान होती है? डाक विभाग तक ने हर जगह के पिन कोड अलग-अलग रखे हैं।"

"अब डाक विभाग बात कहाँ से आ गई? हमारे छह हजार कौन लौटाएगा? इतनी मेहनत से कमाए थे!" माँ फिर रोने लगी।

"अब नहीं लौटेंगे रुपए!" पिताजी ने कहा, "उन्हें लेकर ट्रक वाला न जाने कहाँ निकल गया। मुझे तो ट्रक का नंबर भी याद नहीं। जैसे हालात चल रहे हैं, कौन किसका पैसा वापस कर रहा है? यही मान ले, किसी ने चुरा लिए। भूल जा उन रुपयों को।"

"ऐसे कैसे भूल जाऊँ? तुम थाने में उस चोर के खिलाफ रिपोर्ट लिखाओ। मैं अपने पैसे वापस पाकर रहूँगी।"

"हमने ट्रक की सवारी की है, तो रुपये वापस क्यों मिलेंगे? लॉकडाउन में घर से बाहर निकली है। ज्यादा पुलिस का नाम लेगी, तो तू ही थाने में डाल दी जाएगी।" पिताजी बोले, "हल्ला-गुल्ला मत कर। हमें जेल पहुँचा

दिया जाएगा।''

''वाह जी, मैं ही लूटी गई और मैं ही जेल जाऊँगी। क्या धांधली है? ठीक है, अब मुझे जेल में डाल दो। बुलाओ पुलिस। पहुँचाओ मुझे जेल।'' कहकर माँ दोबारा सिसकने लगी।

पिताजी ने माँ को डांटा, ''क्यों नौटंकी कर रही है। हम सुरक्षित हैं, सही-सलामत हैं, इतना काफी है। उन रुपयों को भूल जा। समझ ले, किसी अच्छे काम में लगा दिए। अच्छे काम में लगाने से खुशी मिलती है न! यही मान ले कि उस ट्रक वाले की जरूरत हमसे ज्यादा थी, तो हमने उसे छह हजार दे दिए...''

''....और यहाँ बीच सड़क पर आकर खड़े हो गए। यहाँ से अपने घर का रास्ता जानते हो?''

''पहले भी सड़क पर ही थे। पहले कौन-सा हवाई जहाज पर जा रहे थे? और देखा जाए, तो ट्रक वाले की क्या गलती? उसने हमें जूनी गाँव पहुँचाया तो है। गलती हमारी है। हमें साफ-साफ कहना था कि हमें झारखंड में रांची के पास जाना है। ट्रक का झारखंड नंबर देख मुझे गलतफहमी हो गयी कि यह ट्रक झारखंड जा रहा है।'' पिताजी ने एक बार फिर अपनी गलती मानी। उन्होंने ट्रक वाले के ऊपर दोषारोपण नहीं किया।

माता-पिता की बातें सुनकर हीरा को अपने गरीब पिता पर बुरी तरह तरस आ रहा था। कोई इंसान इतना सीधा कैसे हो सकता है कि उसे किसी भी परिस्थिति से शिकायत न हो? पिताजी बहुत सीधे हैं। बारह दिन पहले नौकरी गंवा चुके हैं। उसके बाद मोबाइल, उसके बाद जेब के सारे पैसे! और अब अनजान जगह सड़क पर अपने परिवार के साथ बैठे हैं! फिर भी किसी के प्रति शिकायत नहीं!

पिताजी के रंग उड़े खिचड़ी बाल! उनकी बढ़ी हुई सफेद दाढ़ी! रात भर की सोई मिचमिची आँखें! धूप में कड़ी मेहनत करने से काला पड़ा रंग। पतले-पोपले चेहरे पर बड़े-बड़े दांत! और चेहरे पर निरीह भाव!

पिताजी पिताजी नहीं लग रहे थे। बस ऐसा लग रहा था कि कोई छोटा बच्चा बैठा है, जिसे इतनी डांट पड़ी है कि उसे डांट से शिकायत होनी ही बंद हो गई है।

हीरा पिताजी को एकटक देखता रहा। उसका मन कर रहा था कि उन्हें दोनों बांहों में समेट ले और कहे–'पिताजी, आप जरा भी दुःखी मत होना। बस, मुझे और नंदू को बड़ा होने दीजिए, हम लोग आपको और माँ को कभी दुःखी नहीं होने देंगे। पिताजी, जो पैसे राह में लुटे हैं, वे दुबारा कमा लिए जाएँगे। बस, आप और माँ सुरक्षित रहना।'

अपनी जगह पर पत्थर की मूर्ति बना हीरा सोचता चला जा रहा था, 'हम दोनों भाई ही क्यों, काजल दीदी भी तो है। दीदी बड़ी हो चुकी है। उसकी बहुत जल्दी नौकरी लग जाएगी।'

'काजल!' काजल की याद आते ही हीरा को एक झटका-सा लगा। 'काजल राह देख रही होगी। वह तो जान भी नहीं पाएगी कि हम लोग अपने ही देश में खो चुके हैं।'

उसका मन डूबने लगा, 'काजल तो मोहन का भी इंतजार करती जा रही है। मोहन कहाँ होगा इस समय? क्या उसके साथ भी किसी ने इसी तरह का छल किया होगा? क्या मोहन भी इसी तरह कहीं अकेला भटक रहा होगा?'

'नहीं!' हीरा मन ही मन काँप उठा, 'नहीं, मोहन के साथ कुछ बुरा नहीं होना चाहिए। काजल दीदी मोहन का इंतजार कर रही है। हे भगवान, मोहन जहाँ हो, सुरक्षित हो।'

हीरा सोचता चला जा रहा था।

सड़क के किनारे खड़े चार लोगों किसी को मतलब नहीं था। सड़क पर पैदल चलने वालों की कमी नहीं थी। आसपास से गुजरने वाले प्रवासी मजदूर इनकी ओर देखते और आगे बढ़ते जाते। सभी के पास अपनी-अपनी परेशानियाँ थीं।

अचानक एक मजदूर रुका, आधी बात सुनते ही बोला, "थोड़ा आगे शिविर लगा है। पुलिस हम लोगों की मदद कर रही है। वहाँ जाओ। खाने-पीने को मिलेगा, आराम करने को मिलेगा। वहीं पर बैठकर ठंडे दिमाग से सोचना कि घर कैसे लौटना है।"

राय देने वाला चला गया, तो पिताजी बोले, "गलत सलाह नहीं है। चलो हाथ-मुँह धोते हैं, कुछ खाते-पीते हैं, फिर सोचेंगे किस तरफ कैसे चला जाए!"

चारों उस मजदूर की बताई हुई दिशा में चल दिए।

थोड़ा आगे चलने पर कुछ शिविर दिखे।

चारों थोड़ी दूर पर ठिठक गए और देखने लगे।

शिविर के बाहर मेज रखी थीं, जिन पर सामान रखा था। कुछ लोग वहाँ स्वयंसेवक के रूप में काम कर रहे थे।

मास्क, टोपी, दस्ताने पहने पुलिस वाले और कुछ अन्य लोग आने-जाने वालों को पानी की बोतल और खाने के पैकेट पकड़ा रहे थे।

सोशल डिस्टेंसिंग का पालन करते ये स्वयंसेवक किसी से बात किए बगैर अपने काम में लगे थे।

चारों को खड़ा देख एक पुलिस वाला उनके पास आया और पूछने लगा, "क्या तकलीफ है? भूख लगी है? जो खाना-पीना है, खा लो। आराम कर लो। कुछ और चाहिए, तो बताओ।"

"कुछ नहीं चाहिए।" कहते-कहते माँ सिसकने लगी।

"क्या हुआ बहन? कोई तकलीफ है क्या?" एक-दो पुलिस वाले और चले आए।

"क्या बताएं, क्या दिक्कत है!" कहकर माँ रोती रही।

पिताजी फुसफुसाए, "चुप हो जा भागवान, क्यों अपनी मूर्खता सबको बता रही है?"

माँ ने अपनी आँखें पोंछ लीं। पर उसके आँसू बहते रहे।

रोने की वजह से माँ का मास्क हट चुका था।

हीरा बुरी तरह डर गया था। वह जानता था कि मास्क न लगाने पर भी सजा हो सकती है।

माँ को रोता देख शिविर से कुछ अन्य लोग इस तरफ आने लगे, तो पिताजी संकुचित होकर उस ओर देखने लगे। माँ से बोले, "रो मत। भीड़ जुट रही है।"

माँ सिसकती रही।

"अरी मीना देख तो, सामने कौन है!" अचानक पिताजी चिल्ला उठे।

माँ आँसू पोंछती रही।

"देख तो!" पिताजी ने माँ को जोर से हिलाया, तो उसने सिर उठाया। पर वह किसी को पहचान न सकी। एक आँख से देखने वाली माँ, जिसकी

आँखें रोने से धुँधला रही थीं, भला किसी को क्या पहचान पाती?

"चाची प्रणाम!" नए आए लोगों में से एक ने कहा और आगे बढ़ता हुआ माँ के पैरों पर झुका।

"कौन?" माँ पैर छूने वाले को नहीं पहचान सकी। पैर छूने वाले ने मास्क पहन रखा था।

एक पल को अपना मास्क हटाकर आने वाले ने अपना चेहरा दिखाया।

एक सौम्य-सा दुबला-पतला चेहरा। चेहरे पर बहुत परिचित सी मुस्कान।

आने वाले ने पिताजी के पैर भी छुए और कहा, "चाचाजी चलिए, मेरा डेरा पास में है। आप तो दाढ़ी और मास्क की वजह से पहचान में नहीं आ रहे। चाचीजी को पहचान पाया मैं।"

"पर मैंने तुझे पहचान लिया मोहन।" पिताजी हँसने लगे, "तू यहाँ कैसे बेटा? बिना बताए आया, काजल और गाँव में सभी लोग कितना हलकान हैं। खबर तक नहीं दी!"

"सब बताता हूँ, चलिए। अरे नंदलाल, हीरालाल, तुम लोग तो पहचाने नहीं जा रहे। कोरोना ने दुनिया बदल दी है।" मोहन बोला।

❑

यह कौन है भाई

हीरा भी मोहन को कहाँ पहचान पा रहा था?

वह भौचक्का था। यह कौन-सा मोहन है? न गुलाबी कमीज़ और न देहाती तौर-तरीका! यह मोहन तो गाँव वाला मोहन नहीं दिखता।

हमेशा का बुद्धू मोहन इस समय बदला दिख रहा था। वह नीले और सफेद चेक की कमीज़ में था। उसके मास्क हटाते ही हीरा ने देख लिया था कि उसके चेहरे का गंवारपन गायब था। मोहन तो एकदम अलग दिख रहा था।

हीरा समझ नहीं पा रहा था कि गाँव में मोबाइल पर तेज आवाज़ में गाने सुनने वाला मोहन यही है क्या?

साफ पता चल रहा था कि आसपास खड़े पुलिस वाले मोहन को पहचानते थे, क्योंकि किसी ने भी उसके साथ जाते चारों लोगों को नहीं टोका। बल्कि एक कॉन्स्टेबल ने सिर हिलाकर माँ-पिताजी को नमस्ते भी की।

अटैची और बैग उठाकर मोहन आगे बढ़ने लगा। वह पुलिस वालों को बताता जा रहा था, "हमारे चाची-चाचा हैं।"

चारों लोग चुपचाप मोहन के पीछे चलते रहे। एक तंबू के पास पहुँचकर मोहन ने बताया, "आजकल यही मेरा ठिकाना है।"

तंबू के अंदर जमीन पर गद्दे बिछे थे। चटाइयाँ भी थीं।

"हम कई लोग यहाँ लेटते-बैठते हैं। इस जंगल-बियावन में तो इतना इंतजाम भी काफी है।" कहकर मोहन हँसा।

एक चटाई पर चारों लोग बैठ गए। माँ का रोना बंद हो चुका था। मोहन

को देख वह छह हजार रुपयों को भूल चुकी थी।

"चाची, आप लोग यहाँ कैसे?" सबको पानी के डिस्पोज़ेबेल गिलास थमाते हुए मोहन ने पूछा।

"पहले यह बता, तू यहाँ कैसे आया?" मोहन का थमाया गिलास हाथ में ले माँ ने पूछा, "दादी-दादाजी, काजल को बताने की जरूरत नहीं समझी? क्या है तेरे मन में? मोहन, मैं बहुत परेशान हूँ। इस तरह से हमें कष्ट देने का तुझे कोई अधिकार नहीं। तू हमारे परिवार का सदस्य बनना चाहता है या नहीं? तेरी मंशा क्या है?"

वह एक बार फिर रुआँसी हो गई थी।

"चाची...." मोहन कुछ कहते-कहते हिचककर चुप हो गया।

"क्या है रे?" माँ सशंकित हुई, "तूने सगाई तोड़ दी है?"

"अरे चाची...वह...." कहते-कहते मोहन चुप हो गया। उसने सिर झुका लिया।

हीरा सहम गया। 'ओह, अब समझ में आया कि मोहन ने हम लोगों के साथ रिश्ता खत्म कर लिया है। अब काजल के पास यह खबर कौन पहुँचाएगा कि मोहन कई लोगों के साथ भोपाल के पास एक तंबू में रहता है! अब वह झारखंड के जूनी गाँव का निवासी नहीं रहा।'

"आप इससे पूछो, यह क्या चाहता है?" माँ ने पिताजी से कहा।

"मैं क्या पूछूं?" पिताजी बुदबुदाए, "बड़ा लड़का है, जो चाहे सो करे। हम कौन होते हैं इससे कुछ कहने वाले?"

हीरा को अपने पिता एक बार फिर बहुत लाचार लगे। 'पिताजी क्यों इतना डरते हैं सबसे? मोहन की डांट क्यों नहीं लगाते? इस मोहन की तो मैं पिटाई लगा देता, अगर मैं बड़ा होता!' गुस्से से उसका माथा गर्म होने लगा।

"चाचाजी, मैं आप लोगों के लिए चाय लेकर आता हूँ।" मोहन ने कहा।

पिताजी काँप रहे थे, "हम तेरे हाथ की चाय नहीं पी सकते। तूने कहीं और शादी कर ली मोहन? इस तरह बिन बताए रिश्ता खत्म कर लिया? काजल पर क्या बीतेगी, सोचा तक नहीं?"

"चाचाजी, कैसी बात कर रहे हैं?" मोहन ने झुककर पिताजी के पैर पकड़ लिए, "आप ऐसी बात सोच भी कैसे सकते हैं? पर... दरअसल...फिर

कभी बताऊँगा।''

''अभी बता, क्या छुपा रहा है हमसे? तूने काजल को भी फोन नहीं किया! हमें भी फोन नहीं किया! और तो और, दादाजी को भी खबर नहीं दी, जिन्होंने तुझ अनाथ को सहारा दिया!'' माँ गंभीरता से बोली, ''जब तक तू सारी बातें सच-सच नहीं बताएगा, तब तक मैं यहाँ का पानी भी नहीं पियूंगी।''

''ओहो चाची, इतना गुस्सा सेहत के लिए ठीक नहीं!'' मोहन हँसने लगा, ''मुझसे नाराज हो, तो चाहे जितनी डांट लगाओ। पानी पर गुस्सा क्यों उतार रही हो? पानी पियो, फिर मैं सारी बातें बता दूँगा। सच बताने के बाद भी मुझे डांट पड़ेगी। चाची, सच यही है कि गाँव में किसी को भी बताए बिना मैं होली के बाद भोपाल आया था। सोचा था काम बन जाएगा, तो फोन पर बता दूँगा।''

''क्या काम? तूने फोन क्यों नहीं किया?''

''मेरा काम नहीं बना। मैं अठारह मार्च को यहाँ भोपाल में एक नौकरी का इंटरव्यू देने आया था। पर कोरोना की वजह से वह इंटरव्यू कैंसिल हो गया। जब इंटरव्यू नहीं हुआ, तो मैं क्या खबर देता कि मैं यहाँ क्यों आया हूँ!''

''किसी को बताकर नहीं आया!'' पिताजी ने टोका।

''मेरा दोस्त राजन मेरे साथ था। वह हमारे गाँव का नहीं है। यहीं मध्यप्रदेश का है। जनवरी में मैं बिहार के इम्तिहान का इंटरव्यू देने गया था, वहाँ राजन से मेरी दोस्ती हुई थी। वह भी मेरी तरह जगह-जगह नौकरी के लिए आवेदन करता है और इंटरव्यू देने जाता है। पर नतीजा कुछ नहीं निकलता।''

''ओह! फिर? आगे बता।'' माँ बोली।

''इंटरव्यू कैंसिल होने के बाद हम यहाँ आस-पास की जगह घूमने लगे। उसी बीच मेरा फोन चोरी हो गया। कुछ पैसे मैं अपने साथ लाया था, तो नया मोबाइल खरीद लिया। राजन का दिया एक सिम भी डाल लिया। पर मुझे गाँव में किसी का नंबर याद नहीं था। सारे नंबर तो मेरे अपने मोबाइल पर ही थे।''

"तू घर क्यों नहीं लौटा?"

"घर तो लौटना ही था। पर यहाँ माँ दुर्गा का एक प्रसिद्ध मंदिर है। मुझे लगा नवरात्रि आने वाली है। एक बार नवरात्रि पर माँ के मंदिर में माथा टेक लूँ, तो हो सकता है, उसका अच्छा परिणाम हो। देवी माँ मुझे जीवन में आगे बढ़ने के लिए शक्ति दें! बस इसी लोभ से मैं यहाँ रुक गया। नहीं जानता था कि लॉकडाउन लग जाएगा और मैं यहाँ से निकलने से लाचार हो जाऊँगा।"

"पर तू ये बातें दादाजी को बताकर क्यों नहीं आया?"

"दादाजी को क्या बताता? पिछले एक साल से मैं जगह-जगह आवेदन करते और साक्षात्कार देते हुए थक गया था। सोचा था कि नौकरी पाकर उन्हें खुशखबरी ही दूँगा। पर... जब नौकरी नहीं मिली, तो क्या बताता कि मैं एक जगह और असफल हुआ हूँ। सुनकर दादाजी सिर्फ दुःखी होते। उन्हें कष्ट न हो, इसलिए मैंने उन्हें कुछ भी नहीं बताया।"

"ऐसा नहीं करते बेटा। घर के बड़े लोगों को सब कुछ बता देना चाहिए। सब लोग तेरी चिंता कर रहे थे। रही बात नौकरी की, तो हम सभी जानते हैं कि नौकरी मिलना कठिन है। और अब तो कोरोना की वजह से सभी की नौकरी जा रही है। मुझे भी नौकरी से निकाल दिया गया है। तेरी चाची अपनी नौकरी दांव पर लगाकर तेरी तलाश में निकली थी। तूने पहले ही सच बता दिया होता, तो हम इतना परेशान न होते।" पिताजी बोले।

"माफ कर दीजिए चाचाजी, गलती हो गई। जब नंबर ही नहीं याद था, तो क्या फोन करता? मुझे ऐसा लगा भी नहीं कि आप इतनी चिंता कर रहे होंगे।" मोहन ग्लानि से भर गया, "सुनकर दुःख हुआ कि आपकी नौकरी चली गई।"

"कोई चिंता नहीं, गाँव में जमीन है। हम खेती करके खा लेंगे। तू मिल गया, यही बहुत बड़ी बात है।" पिताजी ने दोनों बांहें आगे बढ़ाईं, तो मोहन उनके कलेजे से चिपक गया, "तू नहीं जानता बेटा, हम कितनी चिंता कर रहे थे।"

"मैं समझता हूँ चाचाजी, पर मजबूर हो गया था।"

"सही बात है। सब कुछ अचानक हुआ। बेचारा बच्चा कुछ समझ ही नहीं पाया।" पानी का घूंट भरती हुई माँ ने सिर हिलाया।

"जी चाची। राजन यहाँ से पैदल इंदौर के लिए निकल गया। मैं भी पैदल जूनी गाँव जाने की सोचने लगा था। पर जब अपने जैसे अन्य लोगों को भटकते देखा, तो मेरे मन में उनकी मदद का विचार आया। लॉकडाउन की सूचना से हजारों-लाखों लोग हड़बड़ा गए थे। वे अपने घर जाना चाहते थे और मैं उनकी मदद करना चाहता था। मैंने थोड़ा प्रयास किया, तो यहाँ के कुछ संपन्न लोगों ने भी मेरी मदद की। चाची, हम लोगों ने 'प्रवासी मजदूर सहायता कैंप' बनाया है। यहाँ मजदूरों के लिए खाना-पीना और दवाइयाँ बांटते हैं।"

"तेरे पास पैसा कहाँ से आया?" माँ ने पूछा।

"चाची, मेरे पास नौकरी नहीं है। पर कई वर्षों से दूसरों के खेतों में काम कर रहा हूँ। रात-रात जागकर खेतों में पानी लगाता हूँ, क्यारियाँ बनवाता हूँ। मुझे मजदूरी मिलती है। उसी से नौकरी के फ़ॉर्म भरता हूँ, इधर-उधर इंटरव्यू देने जाता हूँ। भोपाल में मैं पहले ही थोड़ी खरीदारी कर चुका था। नहीं जानता था कि यह स्थिति आने वाली है। फिर भी नया मोबाइल खरीदने के बाद मेरे पास पाँच हजार बचा था।"

"अच्छा!"

"मैंने सबसे पहले प्रशासन से परमीशन ली। फिर राशन खरीदा। एक होटल का मालिक मदद को राजी हो गया। हमारे साथ मिलकर वह सोशल डिस्टेंसिंग का पालन कर खाने के पैकेट बनवा रहा है और जरूरतमंद लोगों के घर पहुँचा रहा है। शहर में भी कई बड़े लोग ऐसे हैं, जिनके बच्चे दूर-दराज रहते हैं। उन बड़े लोगों के पास खाने के पैकेट पहुँचाए जा रहे हैं। पिछले एक हफ़्ते से यही सब चल रहा है।"

"तू तो अच्छे काम में लगा था और हम नाहक बुरी-बुरी कल्पनाएँ कर रहे थे। मैंने तेरी चाची से कहा था कि अनावश्यक चिंता मत कर। पर यह मेरी बात सुन कहाँ रही थी!" पिताजी बोले।

माँ चुप रही।

कुछ पल कोई भी कुछ नहीं बोला।

फिर माँ ने ही सवाल किया, "अब?"

"अब मेरा पैसा खत्म। अब मैं भी पैदल गाँव चल दूँगा।" कहकर

मोहन हँस दिया।

'हे भगवान! आपको लाख-लाख धन्यवाद!' हीरा ने सुकून की सांस ली। 'इसका मतलब है मोहन को यहाँ से झारखंड लौटने का रास्ता पता है। अब कोई डर नहीं है।'

अपने शरीर को ढीला छोड़ हीरा एक बार फिर बड़ों की बातें सुनने लगा।

"चाची, यहाँ सब मुझे स्वयंसेवक कहते हैं, कोरोना वॉरियर कहते हैं। बहुत अच्छा लगता है। अब तक चाय बन चुकी होगी। मैं आपके लिए लाता हूँ। तब तक वहाँ सामने लगे नल से आप लोग हाथ-मुँह धो लीजिए।" इतना कह मोहन चाय लेने चला गया।

हीरा भौचक्का था।

मोहन की बातें नई और निराली थीं, पर कितनी अच्छी थीं।

'यह मोहन इस तरह से भी सोचता है! मैं तो समझता था कि तेज आवाज़ में गाना बजाना ही जानता है बस! और... और इसकी गुलाबी कमीज़ कहाँ है?' सोचते हुए हीरा को मन ही मन हँसी आ गई।

जितनी देर में सबने हाथ-मुँह धोए, उतनी देर में मोहन एक ट्रे में चाय ले आया। साथ में खाने के पाँच पैकेट भी थे।

खाना खाने के बाद चाय पीते हुए माँ ने प्रश्न किया, "पाँच हजार खर्च करते हुए तुझे दुःख नहीं लगा?"

"लगा था चाची, बहुत दुःख लगा था। मन में बहुत अफसोस था कि मैं अपने साथ ज्यादा पैसे क्यों नहीं लाया! यदि मेरे पास दस या बीस हजार होते, तो ज्यादा लोगों को खाना खिला पाता। चाची, आप देखतीं, सभी लोग कितनी दुआएँ दे रहे थे। काश, भगवान उनकी दुआएँ सुन ले! पिछले एक साल में न जाने कितने हजार रुपए के मैंने फ़ॉर्म भर डाले हैं। इंटरव्यू देने के लिए इधर से उधर आने-जाने में न जाने कितना पैसा खर्च किया है। प्रवासी मजदूरों पर तो मैंने कुल पाँच हजार खर्च किए हैं और उन्हें खर्च करके मुझे ऐसा लग रहा है, मानो मैं अपने ऊपर खर्च कर रहा हूँ। उन सभी मजदूरों की शक्ल में मैं अपनी शक्ल ही तो देख रहा था।"

माँ गंभीर थी। कहने लगी, "सही बात है मोहन। हम भी दिल्ली से यहाँ

तक भटकते हुए ही आए हैं। आज देश भर के मजदूर सड़क पर आ पहुँचे हैं। मैं अपनी गलती मान रही हूँ। यदि हम लोग इतनी जल्दी नहीं डरते, तो सारी परिस्थिति काबू में आ जाती। हम लोगों के डर ने स्थिति और बिगाड़ दी है। अपने अनुभव से मैं इस बात को समझ रही हूँ। ट्रक वाले को ढेर पैसे देकर आज हम यहाँ अनजान जगह पहुँच गए हैं। यह हमारी हड़बड़ी का ही नतीजा है।''

''हाँ चाची, यह सब हर जगह चल रहा है। लोग मजबूरीवश या पैसों की कमी की वजह से या महामारी के भय से या सिर्फ एक-दूसरे की देखा-देखी लॉकडाउन में अपने घर जाना चाह रहे हैं। इसी का फायदा चालाक लोग उठा रहे हैं।'' मोहन ने निराशा भरी आवाज़ में कहा, ''हम तो अपने घर के बाहर हैं, इसलिए लौटना चाहते हैं। पर जिन लोगों का अच्छा-खासा ठिकाना है, वे भी बिना परमिशन पैदल भाग रहे हैं।''

''हाँ बेटा, हम कभी नहीं आते। पर तुम्हारा कोई पता नहीं था। काजल परेशान थी।''

''ओह!'' मोहन के मुँह से निकला, ''काजल क्यों चिंता कर रही थी? चिंता की तो कोई बात ही नहीं थी। नौकरी के इंटरव्यू देने तो मैं अक्सर जहाँ-तहाँ जाता ही रहता हूँ।''

''पर हमेशा फोन पर संपर्क कर लेते थे। इस बार संपर्क नहीं हुआ, यही तो चिंता की बात थी। अभी फोन पर काजल को बताओ कि तुम सुरक्षित हो। मैं नंबर बताती हूँ, तुम फोन मिलाओ।''

''चाची, राजन का सिम मैं उसे वापस कर चुका हूँ। इस मोबाइल में कोई सिम नहीं है।'' माँ के हाथों में अपना नया मोबाइल थमाते हुए मोहन ने कहा, ''आप अपना मोबाइल दे दीजिए।''

''मेरा मोबाइल पूरी तरह डेड है। उसे चार्ज करवाना होगा। तुम किसी और के मोबाइल से बात कर लो।''

''यहाँ मोबाइल चार्जिंग की अच्छी सुविधा नहीं है। सिग्नल भी ठीक से नहीं आता। संक्रमण के भय से कोई किसी को अपना सामान नहीं देना चाहता, अतः मैं किसी से नहीं मांगूंगा। वैसे भी किसी बाहर वाले के मोबाइल पर मैं काजल का नंबर नहीं डालना चाहता।''

“हाँ, यह बात तो ठीक है।” माँ ने सहमति व्यक्त की।

कोई कुछ कहता, इसके पहले ही बाहर से किसी ने मोहन को पुकारा।

“चाची, मैं अभी आता हूँ।” कहकर मोहन बाहर चला गया।

अब शिविर में सन्नाटा था। चार लोग वहाँ थे, पर ऐसा लग रहा था मानो कुछ कहने को नहीं बचा है।

‘इस मोहन ने हमारे परिवार पर क्या जादू कर दिया है?’ हीरा सोचने लगा, ‘यह नहीं मिला था, तो हम सब भटक रहे थे। इसके मिलते ही ऐसा लग रहा है, मानो कोई बहुत बड़ा सहारा मिल गया हो!’

शिविर के अंदर से बाहर का दृश्य साफ दिख रहा था।

वे लोग बाहर देखते रहे।

वहाँ खड़े स्वयंसेवक प्रवासी मजदूरों की हर तरह से मदद कर रहे थे। मोहन उनका हाथ बंटा रहा था।

एक अलग-सा मोहन! मुँह पर मास्क, सिर पर टोपी, हाथों में दस्ताने! लोगों को सामान पकड़ाता मोहन कोरोना वॉरियर ही तो था। हीरा बैठा-बैठा सोचता रहा। उसका मन कर रहा था कि वह भी मोहन की तरह मास्क और दस्ताने पहनकर लोगों की मदद करे।

‘पर...पर मैं मदद कैसे कर सकता हूँ? मैं तो खुद ही मदद चाह रहा हूँ। इस समय तो एकदम ज़ीरो हो रहा हूँ।’ एक पल को हीरा को अपने ऊपर निराशा हुई। ‘और यह मोहन तो हीरो नंबर वन है। काश, काजल दीदी देखती!’

हीरा ने माँ के हाथों से मोहन का नया मोबाइल ले लिया। उसे इधर-उधर से हिलाया-डुलाया। मोबाइल बहुत महंगा नहीं था, पर अच्छा लग रहा था।

कैमरा ऑन कर हीरा मोहन के फ़ोटो खींचने लगा। मोहन नहीं जान पाया, पर हीरा ने उसके कई वीडियो भी बना लिए।

सेल्फ़ी के लिए भी वह मोबाइल बहुत अच्छा था। हीरा ने पूरे परिवार की कई फ़ोटो खींचीं।

माँ हँस रही थी। उसकी दोनों आँखों में चमक थी। पिताजी बढ़ी हुई दाढ़ी के बावजूद खुश और स्वस्थ दिख रहे थे। नंदू चोटिल पैरों के बावजूद खिलखिला रहा था।

थोड़ी देर उधम मचाने के बाद हीरा को नींद आने लगी। मोबाइल को मुट्ठी में दबाए-दबाए वह पास बिछी चटाई पर लेटकर सो गया।

❑

फिर से एक सफर

मोहन काफी देर बाद लौटा। आकर बोला, ''उठो हीरा-नंदू। घर जाने का इंतजाम हो गया।''

''इंतजाम? क्या मतलब?'' पिताजी ने पूछा, ''यहाँ से दूरी कितनी है झारखंड की?''

''उतनी ही, जितनी दिल्ली से।'' मोहन हँसा, ''लगभग बारह सौ किलोमीटर। चाचाजी, आप लोगों के पाँच-छह दिन यों ही चले गए। थकान अलग हुई, पैसा अलग खर्च हुआ। पर...''

''पर यहाँ आकर तुझे देख बहुत अच्छा लगा बेटा।'' माँ भीगे स्वर में बोली, ''अपने घर के लड़के को इस तरह जिम्मेदारी का काम करते देख, दूसरों की मदद करते देख मुझे कितना अच्छा लग रहा है, मैं बता नहीं सकती।''

''चलो बाकी बातें बाद में, अभी निकलना है।'' मोहन जल्दी में था।

''पर कैसे? पैदल?'' पिताजी थके स्वर में बोले।

''नहीं चाचाजी, गाड़ी है। झारखंड हम गाड़ी से चलेंगे। दोपहर का खाना खाने के बाद निकलना है।''

''गाड़ी?'' माँ अचकचाई, ''कितना लगेगा? अब पैसा किसके पास बचा है? वैसे चार हजार हम अभी भी दे सकते हैं।''

''चाची, पैसा नहीं लगेगा। दवाइयों की एक कंपनी यहाँ से कुछ सामान रांची भिजवा रही है। यहाँ के प्रशासन की ओर से उसी ट्रक में हमारे बैठने की व्यवस्था कर दी गई है। हमारी मजबूरी और आप लोगों के साथ जो घटा है, उसे सुनकर सभी हम लोगों के साथ सहानुभूति रख रहे हैं।''

"तू सच कह रहा है? पैसा नहीं लगेगा और हमें गाड़ी में जाने को मिलेगा?" माँ हैरान थी।

मोहन हँसने लगा। "इसमें झूठ जैसा क्या है? हमें गाँव पहुँचकर क्वारंटीन के नियम का पालन करना होगा और उस अवधि के पूरा हो जाने के बाद हमें दूसरों की मदद करनी होगी। बस यही हमारा किराया है। इस बात का मैंने जिलाधिकारी महोदय को वचन भी दिया है कि मैं लॉकडाउन के नियमों का पालन करूँगा तथा दूसरे लोगों की मदद करूँगा।"

माँ मुस्करा दी।

"चाची, ठीक दो बजे निकलना है। उसके पहले खाना-पीना भी है। पर अभी मैं आपको एक जगह लेकर जाना चाहता हूँ।"

"कहाँ?"

"बाहर चलिए। थोड़ी दूर पर वह मंदिर है, जहाँ पूजा करने के लिए मैं भोपाल में रुक गया था। लॉकडाउन के नियमानुसार मंदिर बंद है। पर हम बाहर से उस मंदिर के आगे माथा टेक सकते हैं।"

"क्या सच?" माँ हैरान रह गयी।

"जी। ईश्वर पर विश्वास रखना इस कोरोना काल में और अधिक जरूरी हो गया है। आस्था हमें संघर्ष करने की ताकत देती है। ईश्वर के ऊपर विश्वास हमें गलत काम करने से रोकता है।" मोहन बोला।

ट्रक में दवाइयों के कार्टन रखने के बाद आठ-दस लोगों के बैठने की जगह थी। पिताजी का बैग, माँ की अटैची और दो छोटे-छोटे बैग मोहन के! बस इतना ही सामान उनके साथ था। सामान के साथ पाँचों लोग ट्रक में बैठ गए।

जब ट्रक चल दिया, तब कहीं जाकर हीरा को यकीन आया कि एक बार फिर गाँव पहुँच सकते हैं वे।

लॉकडाउन में भी सफर आराम से हो सकता है, कोई नहीं सोच सकता था।

पर इस बार सफर अच्छा था। ट्रक तेजी से भाग रहा था और सभी सवारियाँ एक-दूसरे को देखकर मुस्करा रही थीं। कई जगह चेकिंग के लिए

ट्रक रोका गया। किंतु दवाइयों के बॉक्स और सवारियों का परमिट साथ था। किसी ने उन्हें उतरने को नहीं कहा।

मोहन का मोबाइल हीरा के हाथ में था। हीरा ने उससे बहुत सारी तस्वीरें खींची। मोबाइल कमाल का था। उसकी बैटरी खत्म ही नहीं हो रही थी।

हीरा का मन कर रहा था कि वह मोहन से पूछे कि मोबाइल कितने का लिया। पर मोहन बहुत बदल गया था। उससे इस तरह की बात पूछने में हीरा को झिझक हो रही थी।

मोहन ने पिताजी के बैग में खाने के पैकेट और पानी की बोतलें रखवा दी थीं।

चलते ट्रक में पूड़ी, आलू की सब्जी, अचार को चटखारे लेकर खाना! हीरा और नंदू मगन थे। पानी भी मिल गया था।

मोहन के पास दो बैग थे। एक में हाथ डालकर वह कभी तौलिया, कभी कंघा निकालता। पर उसने दूसरे बैग को एक बार भी नहीं खोला।

हीरा के मन में उत्सुकता थी। वह मोहन से पूछना चाहता था, 'दूसरे बैग में क्या है, दिखाओ!' पर उसकी हिम्मत नहीं पड़ी। पूछने पर मोहन सोचता कि हीरा कितना फूहड़ है! नहीं, नहीं, अब हीरा को अपने को बहुत समझदार दिखाना होगा। मोहन समझदार जो हो गया है। उसके सामने फूहड़ता की हरकत करना अपनी मूर्खता जतलाना है।

ट्रक दौड़ता रहा। सड़क, गाँव, जंगल, नदी, नहर, तालाब, पुल पीछे छूटते रहे।

राह में सांची शहर दिखा, विदिशा भी, सागर भी।

मोहन बहुत ज्ञानी था। उसे सड़कों का पूरा ज्ञान था। हर शहर का इतिहास और भूगोल उसे रटा था।

"आप कैसे जानते हैं इतना?" हीरा के मुँह से निकला।

"मैंने पढ़ाई की है, जानूँगा नहीं? अध्यापक बनना चाहता हूँ, अपने देश को जानना कौन सी बड़ी बात है? तुम भी सीख जाओगे। मन लगाकर पढ़ा करो।" मोहन ने गंभीरता से कहा।

रात दस बजे कटनी में थे वे लोग।

नींद आ रही थी, पर हीरा सोना नहीं चाहता था।

'हमारा देश कितना सुंदर है!' उसके मन में आ रहा था, 'और कितना बड़ा भी! बार-बार देखने से भी जी नहीं भरता। यदि मैं सो गया, तो न जाने कितनी चीज़ें देखने से रह जाएँगी।'

पर मोहन को नींद आ गयी थी। अपने एक बैग को दोनों हाथों में दबोचे, दूसरे के ऊपर सिर रखकर वह सो रहा था।

'बेहतर है मैं भी सो जाऊँ! जब मैं बड़ा हो जाऊँगा, तब पूरे देश का भ्रमण करूँगा, ऐसे ही ट्रक में, हवा खाते हुए।' हीरा ने सोचा और धीरे से लेट गया। ठंड थी, पर सभी एक-दूसरे से सटकर लेटे थे, इस कारण सर्दी लगने का डर नहीं था।

माँ की मोटी सी शॉल नंदू के ऊपर थी। हीरा ने उसका एक सिरा अपने कानों पर लगा लिया।

'मोहन के हाथों में दबे बैग में क्या है?' उसकी उत्सुकता बरकरार थी।

❑

रात ट्रक में गुड़ी-मुड़ी सोते हुए बीती।

अगली सुबह ट्रक अंबिकापुर में रुका।

नित्य-कर्म, चाय-पानी के बाद फिर चल दिए।

पाँच घंटे बाद जशपुर नगर था।

प्रवासी मजदूरों के जत्थे राह भर दिखते रहे। हीरा के मन में उनके लिए मलाल था। पर वह कुछ नहीं कर सकता था। नंदू के पैर में काफी चोट थी। उन लोगों को सवारी की सख्त जरूरत थी। वे किसी और को अपने ट्रक में नहीं बैठा सकते थे क्योंकि ट्रक में सामान के अलावा एक सीमा तक ही लोग बैठाए जा सकते थे।

हीरा को पूरा यकीन था कि भले ही आज घर दूर लग रहा है, पर एक दिन सभी लोग अपने घर सकुशल पहुँच जाएँगे।

घर! हाँ, हीरा को भी अपने घर जूनी गाँव पहुँचने की इच्छा हो रही थी। अब थकान की वजह से उसकी बोलती बंद थी।

चार घंटे और चले होंगे।

अचानक ट्रक रुका और क्लीनर पीछे की तरफ आया। "भाई साहब, यहीं उतर लो। हमें आगे जाना है। जूनी उस तरफ है।"

"नीचे उतरो चाची-चाचाजी। हम गाँव के पास हैं। थोड़ा-सा पैदल चलना है, क्योंकि ट्रक बाईपास रोड से आगे रांची की ओर चला जाएगा।" मोहन बोला।

"उतरो, उतरो, जल्दी करो। काजल इंतजार कर रही होगी।" माँ हड़बड़ा गई।

सामान समेत पाँचों नीचे उतर गए।

पिताजी और मोहन ने ट्रक ड्राइवर को धन्यवाद कहा। ड्राइवर ने नमस्कार किया और ट्रक आगे बढ़ा दिया।

हीरा जगह को पहचान गया था।

गाँव और कस्बे के बीच की सड़क! मंगल की हाट का स्थान! कस्बे के कॉलेज जाने के लिए काजल यहीं से बस पकड़ती है।

यानी अब वे सच में अपने गाँव तक पहुँच चुके थे। यानी उनकी यात्रा पूरी हो चुकी थी।

हीरा ने गहरी सांस भरी।

उसने माँ की ओर देखा। माँ की आँखें बंद थीं। वह कुछ बुदबुदा रही थी और दोनों हाथ जोड़कर भगवान को धन्यवाद दे रही थी।

आखिरकार अपने इलाके में पहुँच ही गए थे वे लोग।

पांचों गाँव की दिशा में आगे बढ़े।

अरे वाह, गाँव भी बदला-सा दिख रहा था! हीरा को यह देख बहुत अच्छा लगा कि गाँव के कुछ लड़के रखवाली में टहल रहे थे।

बिरजू उन्हें देखते ही गाँव की ओर दौड़ा, "नंदू-हीरा आ गए! काजल दीदी, कहाँ हो तुम?"

नरेश बोला, "अभी यहीं ठहरना होगा। क्वारंटीन होने के लिए स्कूल में चलना है। परिवार स्कूल में ठहरेंगे और अकेले लड़कों को गणेश मंदिर के पास वाली कोठरियों में ठहराया जाएगा। थके होंगे आप लोग। चाय-पानी यहीं आ जाएगा।"

क्वारंटीन!

चाय-पानी!

हाँ, यही प्यार चाहते थे वे लोग, जिसके लिए रात के अंधेरे में कमला बस्ती छोड़ निकल पड़े थे। जूनी गाँव पहुँचते ही प्यार और अपनापन झरने की तरह झरता दिखाई दे रहा था।

हीरा महसूस कर रहा था कि उसका जूनी गाँव बहुत तरक्की कर चुका है, स्टाइल से रहना जानता है। यह बात अलग है कि गाँव की स्टाइल में स्वार्थ नहीं, बल्कि प्यार और अपनापन भरा हुआ है। गाँव मेहमाननवाजी जानता है, अपनों का स्वागत करना जानता है, प्यार लुटाना जानता है। गाँव देहाती कहाँ है? गाँव बस गाँव है। अपना घर है, अपना ठिकाना है।

हीरा का मन अंदर तक भीग रहा था। एक लंबे संघर्ष के बाद अपने घर पहुँचना कितना सुखद है। अपना घर! अपना गाँव! इसी के लिए पिछले एक हफ़्ते से सड़कों पर हलकान थे।

माँ मुस्कराई। हीरा को अच्छा लगा। माँ की आँखें खुशी से चमक रही थीं। कोई नहीं कह सकता था कि उसकी एक आँख में रोशनी नहीं है।

गाँव के बाहर बने काली माता के मंदिर में माथा टेकना तो माँ का हर बार का नियम था।

पर उससे पहले नहर में स्नान जरूरी था।

किंतु सबसे पहले काजल से मुलाकात हुई। बिरजू ने जिस तेजी से खबर पहुँचाई, उसी तेजी से काजल दौड़ी चली आई।

"दूर-दूर! हम बाहर से आए हैं। अभी नहाए तक नहीं हैं।" माँ ने कहा।

माँ की बात काजल कौन-सा सुनने वाली थी? वह माँ से लिपटकर रोने लगी, "माँ, तुमने तो फोन पर बात करना बंद कर दिया था। मैं डर गई थी।"

"बस करो बिटिया, तुम बड़ी हो गई हो। ऐसे तो छोटे बच्चे रोते हैं।" माँ हँसी। पर शायद वह भी रो रही थी, क्योंकि हीरा ने साफ देखा कि माँ के गालों पर आँसुओं की धाराएँ थीं।

"माँ, मोहन कहीं चला गया। कितने ही फोन लगाए..." काजल ने रोते-रोते पुरानी खबर को एक बार फिर सुनाया। फिर अचानक गुस्से से भरकर

बोली, "बदमाश एक बार सामने आ जाए, तो उसकी ऐसी मरम्मत करूँगी कि...."

माँ हँसने लगी, "आँसू पोंछ, लड़ंकी लड़की। देख, हमारे साथ कौन आया है!"

❑

लॉकडाउन में उत्सव

पंद्रह दिन का क्वारंटीन पलक झपकते बीत गया।

गाँव के बाहर स्कूल की इमारत में कई कमरे थे। परिवार के पाँचों लोग एक कमरे में आराम से रहे। काजल घर जाने को तैयार नहीं हुई। वह क्वारंटीन सेंटर में ही रुकी रही।

दादी-दादाजी, चाची-चाचा सभी बहुत खुश थे। उन्हें लग रहा था कि हीरा के परिवार ने लॉकडाउन में अपने घर पहुँचकर कोई बहुत बड़ा किला फतह किया है।

वैसे यह बात सच थी। घर से निकलने के बाद सड़क पर उन लोगों ने जो झेला था, वह बहुत कठिन संघर्ष था। वह एक सबक भी था कि सरकारी नियम नहीं तोड़ने चाहिए। जो हो, अंत भला तो सब भला, वाला मामला था।

मोहन गणेश मंदिर के पास बने कमरे में चला गया था। पूरे देश से आए सभी अकेले-दुकेले लड़के वहाँ बने कमरों में ठहराए गए थे।

यों भी मोहन को अपने साथ रखने को माँ तैयार नहीं थी। "कुछ दिन तो अलग रहो, उसके बाद तो तुम्हें हमारे परिवार का सदस्य बनना ही है।" माँ ने हँसते हुए कहा।

'माँ आजकल कितना हँस रही है!' हीरा ने गौर किया, 'क्या छोटी-छोटी खुशियाँ मनुष्य को इतनी कीमती लगती हैं कि वह अपनी परेशानियाँ भूल जाए! या ये खुशियाँ इतनी बड़ी हैं कि माँ अपनी सारी परेशानियाँ भूल गई है। हाँ, यही बात है। इस कोरोनाकाल में परिवार का साथ प्रमुख है। वे बातें गौण हैं, जिन्हें सोचकर हम अपनी रातों की नींद खराब करते हैं। कोरोना ने हमें खुशियाँ सहेजना सिखा दिया है।'

सुरेश अंकल का परिवार हीरा के परिवार के जूनी पहुँचने के बाद आया।

"कहाँ रह गये थे?" माँ ने पूछा।

"भाभी, हमारी गाड़ी बनारस में रोक ली गयी थी। सबकी कोरोना-जांच हो रही थी। बड़ी मुश्किल से आए हैं। दूसरी गाड़ी लेनी पड़ी। दो हजार और देना पड़ा।"

"जैसी भगवान की इच्छा! आराम करो। थके आए हो।" माँ ने निश्छल मन से कहा।

हीरा जानता था माँ कोई भी बात मन में नहीं रखती। क्षमाशीलता उसका गुण है। वह सुरेश अंकल की हरकत भूल चुकी थी।

हीरा ने भी अपने स्कूल और दिल्ली के घर के विषय में सोचना बंद कर दिया था। पूरा परिवार एक साथ है, देश भर में लॉकडाउन लागू है, महामारी से बचाव का प्रयास जारी है, इतना ही काफी है।

'क्या मोहन और काजल की शादी होगी?' हीरा यह नहीं जानता था। लॉकडाउन की वजह से सब कुछ अनिश्चित था।

पर शादी की तिथि आगे बढ़ाने के नाम से माँ पर गुस्से और दुःख के दौरे पड़ने लगते थे। "मैं दिल्ली से यहाँ तक भागी चली आई, शादी कराने के लिए, आगे बढ़ाने के लिए नहीं। शादी तो होकर रहेगी।" वह बार-बार एक ही बात कहती।

अनिश्चय में समय बीतता जा रहा था।

❑

और फिर आ गई पंद्रह मई।

दादाजी ने मंदिर में पंडित जी का इंतजाम करा लिया था।

"शाम पाँच बजे शुभ मुहूर्त है। लॉकडाउन में मैं मंत्र जरूर पढ़ दूँगा, पर मास्क लगाकर, सोशल डिस्टेंसिंग के साथ। कोई ताम-झाम नहीं, शोर-शराबा, धूम-धड़ाका कुछ भी नहीं। मुझे दक्षिणा में एक बोतल सैनिटाइज़र दे देना।" दादाजी के जिगरी दोस्त पंडित जी का कहना था।

स्पष्ट था कि शादी बहुत सादगी के साथ होगी।

फटेहाल पिताजी ने अपनी दाढ़ी जरूर बनवा ली थी, पर उनके सारे

सफेद बाल उनके बुढ़ापे को जतला रहे थे। जबकि दादी और दादाजी के सिर पर काले बाल थे।

हीरा को अपने पिताजी पर एक बार फिर तरस आया। 'शहर जाकर पिताजी की गत बन गई है। अच्छा ही होगा, जो माँ अब शहर नहीं जाएगी। माँ-पिताजी खेती करेंगे, कम से कम खुश तो रहेंगे।'

पर माँ कब खुश होती है और कब उदास, इस बात का भी तो कोई ठिकाना नहीं है!

हमेशा से काजल की शादी के नाम से उत्साहित माँ सुबह-सुबह दुःखी नज़र आने लगी। हताश स्वर में बोली, "सारे बाजार बंद हैं। मैं एक नई साड़ी तक नहीं खरीद सकती। यह भी कोई बात हुई!"

लॉकडाउन में पहली बार दिख रहा था कि माँ लाचार है। दिल्ली से झारखंड तक दौड़ी चली आने वाली माँ नहीं जानती थी कि नए कपड़े कैसे प्राप्त करे।

हालांकि काजल ने अपना पूरा बक्सा माँ को दिखाते हुए कहा, "माँ, इसमें से कुछ भी निकाल लो।"

माँ मुकर गई, "नहीं, तेरा कपड़ा मैं नहीं लूँगी।"

मुकरने के बावजूद माँ का चेहरा उदास था। वह पुरानी धोती में शादी अटेंड नहीं करना चाहती थी।

और हीरा ही कौन खुश था पुरानी कमीज़ पहनने से? पर वह भी नहीं जानता था कि नई कमीज़ कहाँ से जुगाड़े! उस हालत में, जबकि उसके नए जूते भी पुराने और बदरंग नज़र आ रहे थे।

कुल मिलाकर किसी के पास भी नए कपड़े नहीं थे।

यह भी कोई तरीका हुआ, शादी में शामिल होने का?

पर यह मोहन है न, वह सब कुछ उल्टा-पुल्टा कर देता है।

शादी से कुछ घंटे पहले मोहन उनके घर चला आया। कंधे पर एक बैग लटकाए था, मानो कहीं जाने की तैयारी है। यह वही बैग था, जिसको पूरे सफर के दौरान मोहन अपने से दूर नहीं कर रहा था।

उसकी शक्ल देखते ही माँ डर गई, "क्या हुआ? कंधे पर बैग क्यों? कहीं जा रहे हो क्या?"

"नहीं, कहीं नहीं।" वह बोला।

"थोड़ी देर कहीं और रहो। उसके बाद यहाँ आना।"

"सुनो तो चाची, मैं कुछ लाया हूँ।" चटाई पर बैठकर अपना बैग खोलते हुए मोहन बोला।

माँ ने गौर से देखा।

"धोती-कुर्ता दादाजी के लिए और साड़ी दादी की।" नये कपड़े आगे बढ़ाता हुआ मोहन संकुचित था।

"अरे क्यों बेटा?" दादी-दादाजी खुशी से रीझ गये।

"मैंने भोपाल से आप सभी के लिए कपड़ों की खरीदारी की थी।" हिचकते हुए मोहन ने बताया, "यह काजल की साड़ी।"

झिलमिली लाल साड़ी बड़ी सुंदर थी। उस पर जरी और रंगीन रेशम का काम था।

बैग से एक नीली कमीज़ निकालकर मोहन ने पिताजी की ओर बढ़ाई, "यह आपकी है।"

पिताजी एकदम चुप!

फिर खूबसूरत कढ़ाई वाली गहरी नीली रेशमी साड़ी माँ को थमाई, "यह आपके लिए!"

माँ मुस्करा उठी।

नंदू के लिए काही हरे रंग की कमीज़, जिसे देखते ही हीरा को लालच आने लगा। उसने बड़ी मुश्किल से अपने को रोका। वह नहीं जानता था कि बैग में उसके लिए कुछ है या नहीं!

पर था। हाँ, उसके लिए भी मोहन के पास कुछ था।

क्या?

"तू छोटा है इसलिए तेरे लिए मैंने खिलता रंग चुना है।" मोहन ने बताया।

एक गुलगुली-कोमल गुलाबी कमीज़ मोहन ने उसके छोटे-छोटे हाथों में रख दी थी।

'गुलाबी कमीज़!' हीरा की आँखें आश्चर्य से फैल गईं, 'क्या इतने सुंदर रंग की कमीज़ मुझे पहनने को मिलेगी!'

हमेशा मोहन की गुलाबी कमीज़ के नाम से चिढ़ने वाला हीरा जानता था कि गुलाबी रंग बहुत आकर्षक होता है। माँ ने उसे कभी गुलाबी कमीज़ दिलाई ही नहीं, इसलिए अंगूर खट्टे की तरह वह मोहन की गुलाबी कमीज़ से चिढ़ता था।

हीरा अवाक् था। वह होंठों ही होंठों में 'थैंक यू' बुदबुदाया। पर कुछ कह नहीं सका। किसी ने भी तो मोहन को धन्यवाद नहीं दिया था। भला अपनों को धन्यवाद दिया जाता है? माँ कहती है कि अपनों की खुशी के लिए भगवान से दुआ की जाती है।

माँ-पिताजी के पैर छूकर मोहन घर से बाहर निकल गया।

माँ भीगी आँखों से मोहन को निहारती रहीं।

हीरा यकीन नहीं कर पा रहा था कि उसके पास भी गुलाबी रंग की कमीज़ है। आज तक काले-नीले-भूरे रंग की कमीज़ पहनने वाला बच्चा पहली बार गुलाबी कमीज़ पाकर मन ही मन खुशी से झूम उठा था।

'मोहन की पसंद कितनी अच्छी है!' उसने सोचा।

❑

शाम को मंदिर में शादी हुई।

सभी मोहन के लाए नए कपड़ों में सज-धजकर तैयार थे। पिताजी ने कहीं से काला रंग जुगाड़ कर अपने बाल रंग लिए थे, तो वह भी बहुत जंच रहे थे।

खुद मोहन ने आज गुलाबी कमीज़ नहीं पहनी थी। उसके लिए तो माँ ने क्रीम कलर का कुर्ता-पजामा दिल्ली से खरीदा था। करोल बाग से खरीदा गया पाँच हजार का कुर्ता-पजामा, जरी का जैकेट पहनकर मोहन मगन था।

शांता आंटी के परिचित की दुकान से खरीदे भारी कढ़ाईदार लहंगे से काजल बहुत खुश थी।

"माँ, तुम मेरी पसंद कैसे जानती हो?" वह बार-बार यही पूछ रही थी।

खुश तो वहाँ सभी थे।

दादाजी की बात कही जाए! वह पूरे समय ताली बजाते रहे, "देखो, आज मेरी पढ़ी-लिखी पोती का ब्याह है। गाँव की पहली लड़की, जो इतना

पढ़ी है। गाँव की पहली लड़की, जिसकी शादी लॉकडाउन में हो रही है।''

और दादी! उन्होंने और चाची ने मिलकर बैंड पार्टी की कसर पूरी कर दी। चाची ढोलक बजाती रहीं। उनकी बेटियाँ और दादी मिलकर एक के बाद एक गीत गाती रहीं।

धूमधाम नहीं थी, पर रौनक देखने लायक थी।

रस्में सारी हुईं। मोहन की तरफ से उसके चाची-चाचा, बिरजू, नरेश और दादी-दादाजी खड़े थे। दादाजी ने साफ कह दिया कि वह मोहन की तरफ से शादी में शामिल होंगे।

काजल को इस बात से कोई आपत्ति नहीं थी। ''ठीक है दादाजी, आप जैसा ठीक समझें!'' उसने सिर हिलाकर कहा।

काजल की ओर से माँ-पिताजी, नंदू-हीरा और चाचाजी का परिवार।

चाचा की बिटिया शर्मिला अपने पति के साथ पास वाले गाँव से शादी अटेंड करने जूनी आ गई थी।

तीन-तीन फुट की दूरी पर खड़े मास्क लगाए सभी लोग खुश थे।

मास्क वाले पंडितजी ने दूर बैठकर मंत्र पढ़े।

एक नई तरह की शादी, पर कितना संतोष था पूरे परिवार के मन में। गाँव भर के लोग अपने-अपने घरों से शंख, मंजीरे बजा रहे थे।

सब कुछ अच्छा-अच्छा था। कोरोनावायरस उनकी खुशी को नहीं छीन सका था।

मोहन के नए मोबाइल से सारी रस्मों का वीडियो बनाने की खुशी भी अनूठी थी। शादी का फोटोग्राफ़र तो हीरा ही था।

शादी के बाद काजल और मोहन को सोशल डिस्टेंसिंग के साथ आंगन के कोने में बैठा दिया गया।

सभी लोग आपस में हँसी-मजाक कर रहे थे।

हीरा धीरे से मोहन के पास पहुँचा। अपनी दाईं मुट्ठी का सामान मोहन के दाएँ हाथ में रखता हुआ बोला, ''आपके लिए गिफ्ट!''

''अरे!'' मोहन कुछ पल हैरत से अपने उपहार को देखता रहा।

हीरा ने उसे पाँच सौ का नोट थमाया था, वही नोट जो हीरा ने न जाने कब से काजल की शादी के लिए छुपा कर रखा था।

मोहन ने वह नोट अपनी जेब में रख लिया और अपने पास से दूसरा नोट निकालकर हीरा को थमा दिया, "तुम छोटे हो, इससे कुछ खरीद लेना।"

"नहीं।" हीरा ने मना किया।

"रख ले, जीजा है तेरा। प्यार से दे रहा है। रख ले।" माँ बोली।

'जीजा!' अरे हाँ, अब वह मोहन थोड़े ही था। वह तो हीरा का जीजा था।

हीरा हँसने लगा।

मोहन भी हँस पड़ा।

❑

अनलॉक जिंदगी

जुलाई का महीना था। अनलॉक की प्रक्रिया आरंभ हो चुकी थी।

मोहन कभी अपने स्कूल वाले घर में रहता, कभी इस घर में आकर रहने लगा था। दादाजी खुश थे। उनको खेतों में मदद के लिए अब मोहन को मजदूरी देने की जरूरत नहीं थी। उनका लाड़ला मोहन घर का सदस्य हो चुका था।

काजल शादी के बाद भी घर में ही रह रही थी।

एक दिन मोहन कहीं गया हुआ था। परिवार के बाकी लोग बरामदे में बैठे थे और ताजे भुट्टों को भून कर खा रहे थे।

''जल्द ही मैं नौकरी पर जाया करूँगी।'' काजल बोली।

''नौकरी कहाँ है बेटी? सुनते हैं कोरोनावायरस की वजह से नौकरियों की कमी हो गई है।'' पिताजी ने कहा।

''हमें कोई चिंता नहीं। पूरा परिवार मिलकर अपने खेतों में मेहनत करेगा, तो जमीन भी सोना उगलेगी।'' माँ ने कहा।

''माँ, मैं चाहती हूँ कि मेरी नौकरी लग जाए और मैं घर की आर्थिक जिम्मेदारी अपने कंधों पर ले लूँ। मैं जानती हूँ कि लड़कियाँ लड़कों से कम नहीं होतीं। यदि बेटियों को आगे बढ़ाया जाए, तो वे अपने परिवार का सहारा बनती हैं।'' काजल के स्वर में आत्मविश्वास था।

''मैं तेरी बात नहीं कहती। मैं तो नंदू-हीरा की बात कर रही हूँ। ये खेती करेंगे और जिंदगी में बहुत आगे जाएँगे।'' माँ ने गंभीरता से कहा।

हीरा भौचक्का रह गया।

खेत यानी धरती माँ। हीरा धरती माँ से जुड़ने को तैयार था। वह स्वयं

चाहता था कि खेती के नए तरीके सीख जाए, ताकि बाढ़ और सूखे से खेती को नुकसान न हो। और उसका परिवार, गाँव, देश, दुनिया धन-धान्य से भरपूर हो जाए!

पर सबसे पहले पढ़ाई। पढ़ाई के साथ वह कुछ भी करने को तैयार था।

अभी तक माँ कहती थी कि वह गाँव के स्कूल में पढ़ेगा और अब माँ पढ़ाई की बात भूल गई है!

उसके हाथ का भुट्टा हाथ में ही रह गया। भूख मर गई थी। 'पढ़ाई नहीं करूँगा, तो कैसे काम चलेगा? मेरे सारे सपने पढ़ने से जुड़े हैं।' वह लगातार सोचता जा रहा था।

पर वह माँ से बहस नहीं कर सकता। उसे पता है माता-पिता जो करते हैं, बच्चों के भले के लिए करते हैं।

"काजल! माँ! पिताजी!" मोहन दौड़ता हुआ बाहर से आया।

उसने पिताजी की ओर एक कागज़ बढ़ाया।

लगभग अनपढ़ पिताजी ने हैरत से पूछा, "यह क्या है?"

"चिट्ठी है पिताजी। मैंने फरवरी में इंटरव्यू दिया था। लॉकडाउन की वजह से नतीजे रुके थे। अब अनलॉक हुआ, तो सरकार सभी के पास सूचना भेज रही है। मेरी सरकारी नौकरी लग गई है। गाँव के स्कूल में ही टीचर बन गया हूँ।"

"हे भगवान, तेरा लाख-लाख शुक्र!" माँ ने तुरंत दोनों हाथ जोड़ लिए।

"बधाई हो तुम्हें!" काजल मोहन से बोली, " पर... पर...पर एक बात समझ में नहीं आई। यही इंटरव्यू मैंने भी दिया था। तो क्या मुझे...., तुम्हारी नियुक्ति हो गई। तुम तो मुझ से कम नंबर लाते हो। मैंने कॉलेज में टॉप किया था और मुझे नौकरी पर नहीं बुलाया गया!"

वह निराश दिख रही थी, "क्या ऐसा इसलिए कि मैं लड़की हूँ? सुनते हैं कि कोरोनावायरस की वजह से लड़की-लड़के का भेदभाव और ज्यादा बढ़ गया है।"

"काजल, दुःखी नहीं होते।" मोहन ने उसे समझाया, "तुम्हें भी नौकरी मिल जाएगी। धैर्य रखो। मैं तुमसे उम्र में बड़ा हूँ। हो सकता है उम्र के हिसाब से नियुक्ति हो हो रही हो।"

“हाँ शायद!” काजल अनमनी बनी रही। “लगता है उन्हें किसी एक को नौकरी देनी थी, जो तुम्हें दे दी है। इंटरव्यू तो मेरा भी बहुत अच्छा हुआ था।”

परिवार में खुशी और उदासी एक साथ थे।

मोहन को नौकरी मिलने से सब खुश थे और काजल की निराशा से दु:खी।

सबसे पहले काजल ही बोली, “मुँह क्यों बनाए हो तुम लोग? नौकरियों की कमी नहीं है। मुझे भी नौकरी मिल जाएगी। पढ़ाई-लिखाई कभी बेकार नहीं जाती। माँ, हलवा बनाओ। आज खुशी का दिन है।”

खुशी का दिन!

हाँ, वह खुशी का दिन था।

“पोस्टमैन!” आवाज़ से ध्यान बंटा।

“काजल रानी!” पोस्टमैन ने पुकारा।

“मैं हूँ!” काजल हड़बड़ाकर आगे बढ़ी।

पोस्टमैन चिट्ठी देकर जा चुका था।

काजल ने आंगन में खड़े-खड़े चिट्ठी खोली। तुरंत पढ़ी। उसके चेहरे का रंग कई बार बदला। वह काँप रही थी।

सभी उत्सुकता से उसकी ओर देख रहे थे।

हीरा मन ही मन डर गया। ‘क्या लिखा है इस चिट्ठी में! क्या कोई बुरी खबर? क्या दीदी रोएगी?’

पर नहीं, काजल तो हँसने लगी।

“दादाजी, देखिए मेरा नौकरी का पत्र आ गया। मैं भी गाँव के स्कूल में टीचर बन गई हूँ।” वह चिल्लाई।

काजल के लिए भी नियुक्ति पत्र आ चुका था और वह खुशी से झूम उठी थी।

दादी-दादाजी ने काजल की बलाएँ लेनी शुरू कर दीं। उनकी लाड़ली पोती गाँव के स्कूल में टीचर बन चुकी थी।

“परिवार में एक साथ दो नौकरियाँ मिलने का अर्थ जानता है?” नंदू ने हीरा से पूछा।

हीरा उसे टुकर-टुकर देखता रहा।

''कोरोना की हार तय है।'' नंदू फुसफुसाया, ''हीरा, देख लेना एक दिन सब कुछ पहले जैसा हो जाएगा।''

हीरा मुस्करा दिया।

❑

''सूरज, तू यहाँ होता, तो देखता कि नौकरी पाकर दीदी-जीजा कितने खुश हैं।'' हीरा ने अगले दिन फोन पर सूरज को बताया।

''मैं छुट्टियों में गाँव आऊँगा, तब तेरे जीजा से मिलूँगा।'' सूरज ने कहा, ''पर तू यहाँ कब आएगा?''

''मुझे नहीं लगता कि हम लौटेंगे। देश में कोरोना केस बढ़ते जा रहे हैं। माँ-पिताजी खेती-बाड़ी में रुचि ले रहे हैं। जीजा का कहना है कि वह हम दोनों का एडमिशन अपने स्कूल में कराएँगे। यहाँ की शिक्षा बहुत अच्छी है। यहीं पढ़कर दीदी-जीजा ने नौकरी पा ली है।''

''सही बात है हीरा। गाँव के स्कूल बहुत अच्छे होते हैं। मेरे छोटे जीजाजी गाँव के स्कूल में ही पढ़े हैं और आज दिल्ली में नौकरी कर रहे हैं। हम उनके घर सरिता विहार गए थे। तुझे याद है न?''

''हाँ, मुझे खूब याद है।'' कहते-कहते हीरा थोड़ा मायूस हो गया।

''हम यहाँ ऑनलाइन पढ़ रहे हैं। मोबाइल पर अपनी कक्षा के बच्चों और अध्यापकों से मुलाकात करना बहुत अच्छा लगता है।'' सूरज उत्साहित होकर बताने लगा।

''क्या दुनिया इतनी बदल गई है? मोबाइल पर पढ़ना! पहले तो बड़े लोग बच्चों को मोबाइल को हाथ भी नहीं लगाने देते थे।'' हीरा के मुँह से निकला।

''हाँ हीरा, पूरे देश में ऐसे ही पढ़ाई हो रही है। अमीर बच्चे कंप्यूटर पर पढ़ रहे हैं। मैं अपने मम्मी के मोबाइल पर लॉग-इन करके क्लास अटैंड करता हूँ। तू भी अपने मोबाइल पर पढ़ सकता है। उसके लिए तुझे यहाँ आने की भी जरूरत नहीं। बस लॉग-इन करना होता है। सर बता रहे थे कि मोबाइल के जरिए कोई भी इंसान, देश के किसी भी कोने में, कोई भी पढ़ाई

कर सकता है।''

सूरज की बातें हीरा के सिर के ऊपर से जा रही थीं। वह कुछ नहीं समझ पाया। क्या दो महीने पढ़ाई न करके वह इतना पिछड़ गया है? उसके मन में निराशा घर करती चली गई। अब सूरज से बातें करना भी अच्छा नहीं लग रहा था।

''जाने दे, हमारे पास मोबाइल नहीं है। पिताजी ने अपना मोबाइल बेच दिया। माँ का मोबाइल बिल्कुल खराब हो चुका है। काजल दीदी अपने पुराने मोबाइल को मुझे हाथ नहीं लगाने देती। कहती है, टूट जाएगा।'' हीरा ने बोझिल स्वर में कहा।

''अभी किसके मोबाइल से बात कर रहा है?'' सूरज ने हैरानी से पूछा।

''यह मेरे जीजा का नया मोबाइल है। उन्होंने थोड़ी देर के लिए मुझे दिया है।''

''सिम? यह नंबर तो पहचाना-सा है।''

''सिम पिताजी का है। हमने जीजा के मोबाइल में डाल लिया है।''

''सुन, मिट्ठू तुझे बहुत याद करता है। हर समय हीरा-नंदू, हीरा-नंदू कहता रहता है। अब तो मेरा नाम भी नहीं लेता।'' सूरज ने बताया।

''मिट्ठू!'' मिट्ठू को याद कर हीरा दुःखी हो गया, ''काश, हम उसे अपने साथ ला पाते! मेरा प्यारा मिट्ठू!''

''हीरा, तू लौट आ। तेरे बिना मेरा मन नहीं लगता। अब मैं तुझसे कभी नहीं लड़ूँगा।'' अचानक सूरज भावुक हो उठा।

''दोस्त!'' हीरा का कंठ भर आया। कोरोना के ऊपर उसे बहुत गुस्सा आ रहा था।

''रखता हूँ।'' कहकर दुःख और निराशा के मिले-जुले भाव के साथ उसने फोन काट दिया।

❑

सूरज से बात खत्म होने के बाद हीरा वहीं बरामदे में बैठा सोचता रहा, 'वैक्सीन क्यों नहीं बन रही? काश, कोरोना का कोई इलाज होता! मुझे दिल्ली की बहुत याद आ रही है, बहुत ज्यादा याद आ रही है।'

“हीरा!” माँ बुला रही थी, “जल्दी से चलने की तैयारी कर।”

वह कुछ नहीं समझा। उठकर माँ के पास गया।

“कल काजल के मोबाइल पर पिताजी के फैक्टरी-मालिक का फोन आया था। वह उन्हें काम पर बुला रहे हैं। अभी शांता आंटी का फोन आया है। उन्हें हमारी जरूरत है। हम लौट रहे हैं।”

“कहाँ? दिल्ली...!” हीरा विश्वास नहीं कर पाया।

“हाँ दिल्ली। यहाँ सब कुछ काजल और मोहन संभाल रहे हैं। अब नंदू और तुझे वहीं पढ़ना-लिखना है, तुम्हें अफ़सर बनना है न!”

माँ हड़बड़ी में थी। बिल्कुल उसी तरह की हड़बड़ी, जैसी दिल्ली से गाँव आते समय दिख रही थी। दिल्ली से गाँव आते वक्त उसे काजल और मोहन की चिंता थी, तो गाँव से दिल्ली जाते वक्त उसे हीरा और नंदू की पढ़ाई का तनाव था, “इतने दिनों से तुम्हारी पढ़ाई छूटी हुई है। ज्यादा मेहनत करनी पड़ेगी। मुझे यकीन है, तुम दोनों कर लोगे।”

हीरा क्या कहता? खुशी के मारे उसकी बोलती बंद थी।

“हम ट्रेन से जाएँगे। फैक्टरी-मालिक टिकट भेज रहे हैं। उन्हें अपनी गलती का अहसास है। वह कह रहे है कि उन्होंने पिताजी को काम से हटाकर गलत किया।”

“ओह!”

पास बैठा मोहन कहने लगा, “अगर तू गाँव में पढ़ना चाहता है, तो हमारे संग यहीं रुक जा।”

“नहीं, नहीं, मैं दिल्ली जाना चाहता हूँ। आप हमसे मिलने आना। मैं सबको बताऊँगा कि आप मेरे जीजा हैं।” हीरा उत्साहित था। फिर हिचकते हुए बोला, “पर माँ...सूरज कह रहा था वहाँ ऑनलाइन पढ़ाई है। मोबाइल पर पढ़ना होगा। हमारे पास तो मोबाइल है ही नहीं।”

माँ मोबाइल के नाम पर हिचक गयी, “मोबाइल पर पढ़ाई! यह कैसी पढ़ाई है? नहीं, नहीं, हमारे पास मोबाइल खरीदने का पैसा नहीं है। इससे तो अच्छा है तुम दोनों यहीं रुको और गाँव के स्कूल में पढ़ो। मैं और पिताजी वापस जा रहे हैं।”

हीरा का मन बैठने लगा। दिल्ली जाना एक बार फिर नामुमकिन लगने

लगा।

और यह मोहन, यह भी अजीब है। मजाक बनाने से बाज नहीं आता!

"क्यों हीरालाल जी, आपने हाथ में क्या पकड़ा है?" मोहन ने सवाल किया, "आप अपनी दिल्ली की भाषा में इसे क्या कहते हैं?"

हीरा के हाथ में मोहन का नया मोबाइल था। "यह...मोबाइल है। आपका ही तो है।"

"नहीं, आज से यह आपका है।" मोहन ने कहा, "बेटा, अपनी दीदी की शादी में आए हो, एक मोबाइल भी नहीं पाओगे क्या? तुम्हारे लिए ही नहीं, मैंने नंदू के लिए भी एक मोबाइल खरीद लिया है। दिल्ली पहुँचकर सिम डलवा लेना और दोनों पढ़ने में मन लगाना। हर साल छुट्टियों में यहाँ आना और अपने टीचर जीजा और टीचर दीदी को बताना कि तुम पढ़ाई में कितनी तरक्की कर रहे हो।"

गुलाबी कमीज़ पहने था मोहन। हीरा उसकी ओर टकटकी लगाकर देखता रहा। मोहन के चेहरे पर मासूमियत थी। बिन माता-पिता का लड़का उनके परिवार में एक हो चुका था। कौन कह सकता था कि मोहन उन लोगों से अलग है।

हीरा की आँखें आँसुओं से धुँधलाने लगीं।

'मोहन कितना अच्छा है! क्या भगवान ने इसे हमारे घर के लिए फुर्सत की घड़ी में बनाया था? और मोहन की गुलाबी कमीज़, वह भी तो कितनी अच्छी है!...'

"मुझे बहुत सारा सामान रखना है। हीरा, तुझे यहाँ से क्या-क्या लेकर चलना है?" माँ बोली।

"मुझे अपनी गुलाबी कमीज़ दिल्ली के लिए पैक करनी है।" कहकर हीरा चुप हो गया।

वह सोचता जा रहा था, 'दुनिया कितनी सुंदर है! कोरोना इसे बिगाड़ने की पूरी कोशिश कर रहा है, पर हम अपनी दुनिया को बिगड़ने नहीं देंगे।'

उसने मन ही मन संकल्प लिया, 'हम कोरोना से लड़ेंगे। हम पढ़ेंगे, आगे बढ़ेंगे। यह सच है कि महामारी ने दुनिया को बहुत नुकसान पहुँचाया है। पर मनुष्य की मेहनत, सच्चाई, ईमानदारी, प्यार, दोस्ती, रिश्तों तक वायरस नहीं

पहुँच सका है। यही हमारी विजय है, हमारे मनुष्य होने की पहचान है।'

उसके मन में दिल्ली वाला घर, स्कूल, टीचर, पार्क, मिट्‌ठू, सूरज सभी कुछ एक साथ घूम गए। आँखों में भविष्य को लेकर न जाने कितने सपने झिलमिला उठे थे।

❑❑❑